快手

單讀

One-way Street

编织活法的人

快手人物故事集

快手We我们工作室
单读
◎主编

上海文艺出版社

代序一
不止一种活法

我出生于1980年代初，直到18岁上大学后才稍稍摸到互联网的门槛，还记得第一次拨号连线上网时候的心情，那是一种对于打开另一个新世界的兴奋。互联网打破了一些信息的壁垒，让无数人因此看到更加广阔的世界。我为什么严谨地用"一些"这个词？是因为互联网也可能成为我们构建自我认同的小圈子，形成狭窄的信息茧房。当我打开这本普通人的生活记录，认真读完后，我想暂时把"信息茧房"的担忧放一边，当各种各样的普通人的生活在我面前徐徐展开时，我看到了他们在"互联"这张网上编织着自己的人生。他们努力自助，也尝试着和正深陷相同困境的人互相帮助。

在这本书里，有家政女工、科学老师、足球教练……还有一时无法用传统工作内容去定义的职业，比如本想去乡村扶贫，没想到成为带领村民学做瑜伽的村支书；长途货运卡车上身兼多职的"卡嫂"；帮助听障儿童培养语言能力的言语康复师；扮成孙悟空街头甩饼的小镇青年；在深夜街头给人拍照的摄影师……他们是在为一份营生努力生活的普通人，有改变命运、挣脱困境的渴望，也有期待走上一方小小舞台、被更多人看见的野心。

让我印象深刻的是一位叫周伟的年轻人，16岁辍学，早早成为北漂一员，大城市的繁华没有让他留恋，反而令他始终感到格格不入。不甘心一直打零工的他决定掌握一门技艺，回到家乡创业。他为此每天练习做飞饼的技能长达十几个小时。为了得到更多关注，他戴上美猴王的面具，像迪士尼的人偶一样，躲在一个人们熟知的角色背后进行表演。走红于县城街头，再加上网络直播效应的加成，他从一个没有学历的迷茫少年找到了自洽的生存方式，并且用赚来的钱替家里还了债务，把在农村种地的父母接到县城生活，还梦想将"猴哥飞饼"做成品牌。对于周伟的父辈们来说，他们选择进城务工、离开家乡之前就已经非常清楚，他们将要在庞杂的城市生态体系里寻找一个容得下自己的缝隙。他们知道城市和农村的生活之间存在着巨大差异，也知道自己将要出卖劳动，经年累月，直到衰老和疾病找上身体才返乡。而出生于1993年的周伟，在辗转经历了几年的零工生涯后，已经明确地知道自己想要什么，不喜欢什么。他不想在大城市里漫无目的地漂泊着，就回到家乡寻找机会；不想总是替人打工，变成"别人赚钱的工具"，就将在大城市里默默学到的本事，精进为自己的一门技能、一份营生。回到县城,并不意味着退回到一个沉默的角落,短视频和直播都让他继续和外面的世界保持连接。

我曾经对城市外来务工者在零工时代下的工作、生活状况展开过深度的调查,调查发现有九成的被访者存在明显的自评压抑情绪,包括焦虑、紧张、低落等,且对压力具有较为明确的认知,在大城市的生活和工作中存在明显的无力感。每一个外来务工者都在试图摆脱当下,逃离让他不满意的东西。但他们要奔向哪里?他们也许自己也不知道,只是无时无刻不在流动,从乡村到城市,没有根基地悬浮在社会之中,经历着期望与现实断裂而造成的身份焦虑与迷失。我把这种社会形态称为"悬浮社会"。"悬浮社会"的一个最基本的特征,就是所有人都处在一个没有根基的状态之下,每个人都非常迫切地渴求在极短的时间内获得成功,获得他人的认同。相较20世纪八九十年代,我们当下的社会越来越灵活,社会流动性的宽度和广度也在不断增加。但另外一方面,贫富分化难以避免,向上流动实现起来仍有难度。当期望和现实之间存在着极大的落差,在此间漂泊的人们由此产生了诸多对自我身份的迷茫和对未来的不确定感。彼时奔波在北京的周伟,曾深陷过"悬浮"的状态里,最终促使他做出了返乡发展的决定。如果有机会见到周伟,我想问问他,现在有没有多了一些心安的感觉?戴着美猴王面具在街头表演的时候,又会在想什么呢?

这本书另一个让我印象深刻的，是针对普通人的非虚构写作。非虚构写作因为剥离了宏大叙事，更加关注具象的人，捕捉个体有意义的生活瞬间和生命体验，也在情感层面更容易唤起我们作为读者的同感，照亮内心的一处角落。白描方式的写作手法，拉进了读者和人物之间的距离，一个个鲜活的形象似乎不是你从未谋面的陌生人，因为真实、真切、真情，你一边阅读一边能感受到言语里隐藏的丰富情绪，你会想跃过字里行间，和他们沟通，像朋友一般地聊天。

在我看来，非虚构写作作为一种特殊的文本载体，从智识层面上，可以打开我们的想象力，扩宽视野。我们每个人都不是孤单的，每个人的生命轨迹中都穿插着一些公共事件的痕迹。透过每一个个体的故事，我们得以看见更多被忽略的人间。

例如，读《生活在卡车上的女人们》让我更加详细地知晓"隐身"在卡车司机后面"卡嫂"的故事。在学术领域，我们清华社会学系的沈原老师专门做过大量卡车司机的调查研究，在学术研究的基础上，普通读者也需要听到更多"卡嫂"们自己的讲述。我国的"卡嫂"群体约1482万人，跟车"卡嫂"约317万人。她们和丈夫一起为中国74%的货运量贡献力量，但她们的声音于大众而言却是隔绝的，甚至连称呼也是依据丈夫的职业而被命名，而这样的称呼其实远远配不上她们的牺牲与付出。在这个男性主导的行业中，男性卡车司机被视为核心，女性的劳动常常被视为是无偿的。实际上，她们不仅需要一手包揽洗衣做饭，提供漫漫长路上的生活保障，还要找货单、帮忙卸货、育儿和丈夫轮班开车等等。与此同时，她们却只能无奈地接受在公路上和驾驶室里遇到的困境。比如，她们的开车技术常常会受到质疑。人们习以为常地忽略女性也有征服"庞然大物"般的半挂卡车的欲望和能力；她们也想在拿到A2驾照后手握方向盘，体验奔向新旅程的自由，而不只是被迫隐身在驾驶室里，或是在家里围绕着家务和孩子转，忍耐夫妻长年两地分居的无奈。一旦上路，她们也想和男性卡车司机一样，获得尊重和认可。

真听、真看、真感受，这本书为读者提供了一种朴素、本真的视角——在个体身上看到群体的共性。正是有了书里这些体察和记录，才能让我们沉浸式地看到一个个生命的悲喜与挣扎，镶嵌在大时代的齿轮里前进着，用自己的方式在这个世界上编织着独一无二的存在。

清华大学社会学系副教授　严飞

2024年4月20日

代序二

清清嗓子，发出自己的声音

在智能手机发明之后的那些年里，手机是肢体的延伸，成为手臂的一部分。不拿着手机，手就空落落的。短视频到来之后，手机进一步成为嘴巴、表情、脸庞的延伸。这带来了诸多变化，但其中极为重要的一项变化在于，普通人从"被记录"到主动去记录。这些记录不是锁在抽屉里的笔记本中，不是留存在家信的来往间，而是能够向外表达。它具有强烈的交流性质，每一次记录都是一份日记，同时，也开启着一次对话，就像对无数的陌生人投递一封充满感情的航空信。那些对话富有细节，清晰可辨，具有强烈的时代感，你能从中听到语态，看到物候，甚至闻到灰尘的气息。

这些记录构成了一种回答。它回答着那个我们时不时会问自己的问题：我们作为普通人，能为自己的生命做什么，能以什么样的动作把我们平凡的进行时下的"生活"，转化为蓬勃跳动的"生命"？

答案正在这本书中：记录下来，为自己的生活发出声音。并且，如果你有热情，甚至有一点点野心；如果不时感到孤独，甚至渴望改变；如果也想听到别人的声音，甚至想多少改变一点别人的人生，挑战一些现有的偏见——那么，还可以像这本书中的人所做的那样，把这些声音细细记录，自我表达，再向外传播。

正是靠发出自己的声音，人才能挑战他人那些猎奇的态度，反对那些带着偏见的浅薄同情。书中在机械事故后截肢又重新站起来、研发智能义肢的山东工程师梁开宇不介意成为"赛博朋克"，他希望肢体残障者能光明正大地被看见。女孩沸别不断地告诉别人自己对身材的看法，制作更合理的大码女装，对抗羞辱和冒犯。高空作业的电工李超发出一条条视频，手机那一侧的关注者开始想象他的生活实景，问他"高空铁塔上想上厕所怎么办？"不可避免地，交流常常从挑战眼球的新奇感开始，但交流也能够一步步地从"身临其境"，走向"感同身受"与"设身处地"。

在这个意义上，"编织活法"或许有着几层含义：

——它意味着用一把小梳子，轻轻梳理自己的故事。故事不一定要完整，更不需要幸福结局，起承转合或许不完全，疑惑和不甘仍然在，但是，将那些"我从哪里来，我向哪里去"的疑问摆在桌面上，不再纷乱，人生也就有了头绪。

——它也意味着向他人展示自己生活的纹理，给出关于自己是谁、要做什么的解释，让他人看明那些来路与去处。那些陪伴和反馈，告慰人在异乡为异客的孤寂，以及生活中往往与喜悦相伴而来的失落和疲惫。

——同时，它还能产出"织物"，编织出告慰自己人生的一个个视频作品。在理想情况下，织物还能使人获得收益。这收益有经济意义，也有超越物质的层面，让人在自己的生活中看到意义，把生计变成事业，把需要忍耐的人生变成自己愿意表达的内容。

记录的动作能推动人思考，带来人生的改变。每天无数件小事从我们生活的缝隙间擦肩而过，我们以为它们不重要，也以为自己的生活没那么重要。正视自己的职业、轨迹、性别，做自己人生的记录者、思考者、观察者，这本身会改变我们人生的意义——实际上，编织活法，本身就是一种活法。这本小书让我们看到了许多种活法、许多位编织活法的人。大家年龄、职业、性别、视频创作能力各异，身处祖国各地，甚至其中还有远在日本、以收废品为业、帮助在日华人的中国女孩，但他们的共同点可以用高空电工李超的一句话表达——心里有过"浪漫主义的念头"。浪漫的意思并非不切实际，也不是追寻爱情，而是那种想到别的地方去、想看看别的生活的冲动。这股冲动背后，是一颗颗不满足、想要成长的心，其中有激情，有鲁莽，有坚决，甚至有旁人眼中一种执拗的憨劲。这几股力量结成绳，拴住了胴腆的河南小伙周伟，让他不放弃，学拉面，做飞饼，买来孙悟空服装，每天十几个小时练手艺，像耍金箍棒一样转飞饼，直到把表演孙悟空做饼变成自己赖以为生的技艺。他说，"像我这样的普通人，直面欲望不丢人"。那些少年时的浪漫主义念头，即使到老年也没有逝去，在养家糊口的压力中，浪漫仍然有其余烬，又在短视频的年代春风吹又生——演皮影戏的老艺人魏宗富，小学三年级时寻死觅活地一定要学皮影，中年打零工，而上了年纪后倒把皮影传到了家乡以外，"出头露脸"，就是个例子。

翻开这本书，恍如看到一个个正清着嗓子、发出自己声音的人，疲乏中还有一丝清亮，年少时浪漫主义的念头和今天的实用目标合流，孤独感和想要交朋友的热切、想要影响他人的壮志雄心合奏，构成每个人执拗的音色。合起来，这些活法读起来宛如今日的"青春之歌"，记录下一个个做事、发声、有热、发光的人。

《编织活法的人》分为三辑，分别有关工作、奋斗人生、女性表达，相信不同的读者都能在其中找到令自己激动的人生，为某一种活法喝彩。尤其打动我的是第一部分关于工作的篇章。工作究竟意味着什么？此刻，我们生活在一个大家愿意戏谑地把自己称为"打工人"或"社畜"的年代，一个人们用"躺平"的姿势抵抗自己对职业和人生的不满、对奋斗的厌倦的年代，一个学者要呼吁努力去认识"附近"的年代。但是,读《编织活法的人》里的一个个鲜活的生命,读到他们鲜活的讲述和热望,这会激起人对劳作的感情,那也是对人生的感情——敢去蜕变,敢于坚韧,相信未来可能改变,愿意承认沟通有意义,而坚韧让人自由。

上世纪90年代,翻译家董乐山曾将一本名字很长的书《工作:人们如何谈论自己做的事,以及人们怎么想》介绍到中国,由中国对外翻译出版公司出版摘选本,书名改为《美国人谈美国》。这本书原本由历史学家兼记者斯特茨·特克尔(Studs Terkel)著于1974年,是当年的超级畅销书,记录了从事着秘书、演员、电话推销员、超市搬运工等各行各业的普通美国人的生活。如今走进一家书店,能看到各种各样的家族口述史、人生故事、情感经历的"实录",也当然能看到成功者的事迹与名人的哲思。但普通人在每日劳作中的感受、工作的细节并不多见。《编织活法的人》则将读者引向一份份现实中的工作实录,细述了人们对工作的"讲法"和"想法",并且还能够给出一条通道,感兴趣的读者大可以在放下书后点一个"关注",进到那些工作的实况中,身临其境,与乡村支教老师、听障儿童特教老师、女足教练们同在。

而那些实况,也似乎能够解答上面的问题:人为什么需要工作?在糊口之外,还因为人需要意义。这也正是人们会录下短视频，再来到《编织活法的人》的纸页中，讲出自己故事的原因。这些讲述的重要性不那么在于其"社会意义"，而是在于一个人持续讲述、梳理自己生活、形成故事这种动作本身，这些动作创造了另一个层次的现实——就像刚刚去世的作家保罗·奥斯特在小说《布鲁克林的荒唐事》中所写的那样："当一个人有幸生活在故事之中，生活在一个想象的世界里，这世界的悲苦也就消失了。只要这故事不断延续下去，现实就不再存在。"

淡豹

2024年5月6日

目录

代序一　不止一种活法　　　　　　　　　　　　　　　　　i

代序二　清清嗓子，发出自己的声音　　　　　　　　　　vi

职业篇
在工作中，寻找方向

一个高空电力工人的十年：离云很近，离世界很远　　　2

带孩子们"造水火箭"　　　　　　　　　　　　　　　18

600多个孩子的"老师妈妈"　　　　　　　　　　　　32

像梭梭树一样扎根的治沙青年　　　　　　　　　　　　48

一场"瑜伽扶贫"实验　　　　　　　　　　　　　　　64

皮影守业人："我是第四代传承人，　　　　　　　　　82
但我找不到第五代了"

活法篇
在逆势中，活出自己的人生

西安零点后，那些不敢停歇的人	98
一个被叫作"齐天大圣"的普通人	114
收破烂的快乐哲学，每天都在开盲盒	130
一个学英语的农民工	144
大山里的 Tony 老师	162
失去左腿的"钢铁侠"	182

女性篇
打破偏见，撕掉标签

生活在卡车上的女人们	198
听障女骑手，在寂静中用力奔跑	216
当一个 180 斤的女孩决定不再减肥	232
一个"金刚芭比"决定做自己	250
踢出大山的元宝女足	264
北漂家政女工的"家"	282

职业篇

在工作中，寻找方向

一个高空电力工人的十年：
离云很近，离世界很远

＜国家电网高空作业超哥＞
快手 ID：381686757

李超做了十年的高空电力工人，一直离云很近，像一只生活在高空之上的鸟，注定了要为生存奔波。但李超说，什么鸟不鸟的，他如果是鸟，别人也是鸟。他更愿意专注于眼下，思考如何养活自己，如何生存下去。

作为一名高空电工，李超每天都在铁塔上度过。那些高大的电力铁塔仿佛《格列佛游记》里的巨人，排成一列，被电缆连接着，安静地肃立于原野之上。源源不断的电力翻山越岭，一座座城市和乡镇便有了光。

每一个灯火通明的夜晚，都少不了这些高空电工们的功劳。然而对于李超来说，自己当初选择这份职业时并未怀有如此崇高的信念，纯粹只是为了生活。因为没有太多能够赚钱的职业选择，这些高高的铁塔便成了他为数不多的去处之一。

辛劳和危险交织，这便是他在高空之上的生活。

在云端

站在百米高空，云很近，世界很远。

李超也说不清这是自己第几次爬上电力铁塔了。天刚蒙蒙亮，他便一如往常地和同事戴着沉甸甸的安全帽，穿上绝缘鞋，开始一步一步在光溜溜的支架上踩着铁钉缓缓向上爬。脚下是荒凉的山林，万物在身后渐渐变得渺小而模糊，如果不是偶尔传来零星的鸟鸣，世界看起来便和静止的油画没什么两样。在这样的岑寂里，呼吸声听起来格外清晰，不知不觉变成了均匀的节拍。在这样的节拍里，李超始终昂着头，机械而缓慢地重复着攀登的动作。从地面向上望去，他努力与地心引力搏斗的样子很像一只倔强的蜗牛——慢慢地爬过了铁塔的腰，再到肩，最后停留在高高的塔顶。终于，他可以停下脚步歇一歇，喘上一口气了。不过说是休息，其实也只是在一脚宽的支架上舒展几下胳膊，自始至终要小心翼翼地贴着铁架，谨慎得如同平衡木上的体操运动员。

几分钟后，李超要开始进行下一步工作——安装绝缘瓷。这需要他骑在拇指粗的电缆上，半转身，双手抓紧身下线路，一寸寸地朝前慢慢蹭。脚下空空荡荡，两侧没有任何东西可以支撑，这样费尽力气到达指定位置时，他全身上下早已大汗淋漓，但来不及休息，他便又马上掏出工具，开始与眼前的钢铁部件较起劲来。

此时地面已遥不可及，远方的山脊线变得和肩膀一个高度，他的双腿在微风下轻轻摇曳着，远远看过去，他的身体姿势如同一只自由自在的鸟儿。但李超却没有鸟儿那般自在和轻松。他既非杂技演员，也不是极限运动爱好者，只是一名普普通通的电力工人，一天中的大部分时间，都是在天上度过的。那些高耸的高压电铁塔仿佛一个个巨人，矗立在山野里，而他要在这些巨人身上安装线路、排除故障，甚至还要摘除鸟窝。如此日复一日，一边完成繁重的工作项目，一边克服着高空作业的种种不便，只能靠着安全绳来保障安全。

这样一直忙碌到中午吃饭的时间，他才得以从电缆

在光缆上吃饭的电力工人

返回到铁塔上。午餐是用绳子从地面传递上来的——简简单单的一大盒米饭，配上一大盒青椒炒肉。电力工人们往往随便找个铁梁作为座椅，然后怀抱着饭，狼吞虎咽地吃起来。李超生性活泼，喜欢在吃饭时讲些俏皮话来博得众人一笑。但在高空之上，连笑也要小心谨慎——既无法手舞足蹈，更不能前仰后合，毕竟脚下空无一物，万一一不留神失去重心，免不了要承受性命之危。所以他午饭向来吃得潦草，一切都只是为了能够填饱肚子而已。

休息片刻，工人们便又要四下散去，继续之前的工作。李超也戴上手套，再一次攀着那条细长的电线，缓慢朝着前方进发。简单的几个动作来回重复，无声无息之间十几个小时就过去了。等到天边出现一抹斜阳，鸟儿开始归巢，他和同事们也一个接着一个从铁塔上缓缓爬下来。双脚触碰地面的那一刻向来感觉沉重，但也有一种如释重负的愉悦。

回到营地，吃饭、洗漱，一切按部就班。他总是在晚上九点准时躺在床上，巨大的肌肉疲惫感让他不愿多说一句话。等到眼皮沉重得无法撑起来，这普普通通的一天才算结束。过去十年，几乎每一天他都是如此度过的。

初登铁塔

成为高空电工之后，90后的李超脸上多了些许粗糙的痕迹。他出生于四川省宜宾市下辖的一座小县城。和身边许多同龄人一样，他十几岁时就草草结束了学业，背井离乡去外地谋生。做高空电工受许多因素影响——因为一名亲戚从事这一行，也因为一个月几千块的收入还算可观，更因为一个颇有浪漫主义的念头：世界如此之大，不去看一看，岂不可惜？不同于那些一成不变的工作，高空电工这一行会去到全国各地，哪里有线路需要安装，工人们就随着施工单位去往哪里。只是在少年李超听来，亲戚口中这些天南海北的工作经历少了讨生活的无奈，更多的是云游天下的洒脱。

可现实如同一记响亮的耳光，很快让人清醒了过来。最开始的驻地在一座小镇上，眼前只有连绵的山峦和密林，犹如一重重围墙将施工队伍和外界隔绝开。生活远离了喧嚣与人烟，每天进进出出，一眼望去，全是穿着工作服、戴着安全帽的工人——大家来自天南海北，百十号人，清一色的男性。看着眼前乱糟糟的场景，李超心想：这地方看起来不像上班，倒有一种出家做和尚的感觉。他略感失落，不过这样的失落并未持续太久，因为很快，就到了第一次出工的日子。

那天早上，李超是被亲戚叫醒的。手机上显示时间

高空作业的电力工人

刚过5点,天空还挂着一点乌青。他睡眼惺忪地走到门外,才发现营地里已经热闹起来。不知何时,其他工人都已换好工作服,三三两两地聚在一起,正囫囵地用食物填充着肚子。他还处于半梦半醒,头脑昏昏沉沉,像是灌满了水泥,不得不用一盆冷水才浇灭了残存的睡意。工作地点在十几公里外,大家需要坐在卡车的后斗上,翻过崎岖不平的山路。一路上颠簸不休,李超只感觉全身上下快被颠得散了架,然而环顾四周,其他人或是淡然地望着车外发呆,或是平静地闭目养神。这种安之若素的态度一度让李超十分羡慕,后来他才明白,大家只是经历得多,对一切习以为常了。

接下来，便要开始登铁塔了。虽然在来之前做了无数次心理建设，可真正站在铁塔脚下，李超却不由得开始紧张。眼前的钢架坚硬而冰冷，似乎要一路通上云端，一个个铁钉交错而成的梯子几乎直上直下，怎么看都远非亲戚口中那般轻描淡写。仅仅瞄上几眼，李超脑海中便萌生想要退出的念头。亲戚似乎看穿了他的心思，站在身旁，表情严肃地发问："你可想好了啊？"李超点点头，认真地"嗯"了一声算作回答。这回答与其说是深思熟虑的结果，更像是不愿意认怂，冲动着逞能。最终，他深吸一口气，抬起右手，先是稳稳抓牢铁钉，继而抬起右脚，用力在铁架上踩牢。如此交替，身体开始向上缓缓攀爬，很快高过了人，接着又高过了树木。但与此同时，一种无法抑制的恐惧感也随之产生。往下看肯定是不可能的，仅仅想一想就感觉要魂飞魄散了，甚至连左右两侧都无暇顾及，因为他脖子和脑袋都变得僵硬，双眼直勾勾的，目光只能一动不动地集中在正前方，宛若一个硬邦邦的提线木偶。十多分钟后，李超总算顺利到达尽头。只是一登上铁塔，他立马牢牢抓紧钢架再也不放开了，不仅因为高空之上，风变得格外猛烈，更因为双腿软绵绵，像是被电了一般，抖动得厉害。亲戚笑着说："现在后悔了吧？"他偏偏要摇着头回答："后悔什么后悔。反正来都来了，也回不去了，那就干吧。"这句话并非只是说说。李超想，人总要自己赚钱养活自己，如果不去做电工，自己还能去做什么呢？

后来有段时间，他也一度受够了高空生活的寂寞和劳累，尝试换过其他工作。可无论在火锅店里做服务员，还是做厨师，每一份工作都没能持久，原因是工资太低——每月收入只有2000块钱，不要说以后结婚，连养活自己都成问题。他渐渐明白，对他来说，安稳的生活和收入可能无法成正比。一路兜兜转转，他还是不得不回到最初的起点，穿起那双绝缘鞋，向着高空进发。和从前唯一不同的是，此时的李超只需要几分钟就能爬上铁塔了，也能够从容地看着脚下，心中波澜不惊。从某种意义上说，在众多困难面前，高空带来的恐惧还真的没什么大不了。

高空之危

从进入这个行业开始，李超就养成了一个习惯——每年离开家乡时，临行之前，他都要到附近庙里，毕恭毕敬地跪在佛祖前，先磕几个头，再敬几炷香。祈求工作顺利是必不可少的心愿，更重要的是希望在接下来的日子里，自己平平安安离家，也能够平平安安归来。从十几岁到二十几岁，他工作了十年，也一如既往地拜了十年。

不光李超，许多高空作业的电工都有这样的习惯。毕竟在百米之上的地方工作，增高的不仅仅是海拔，还有风险系数。最常见的事故便是从电缆上掉落下来。李超就曾亲眼看见一名同事因为没控制好重心，从线路上翻落下去。幸好他身上一直绑着安全绳，整个人只是悬在高空中，没有酿成更严重的事故。然而每当回忆起坠下的那一刻，同事依然心有余悸："当时一下就傻掉了，什么也不知道了，脑子里一片空白，吓得连话也说不出来。"如果不是安全绳发挥了作用，那么故事将有一个截然不同的结局。因此这也给李超提了个醒，让他此后无论是在铁塔上组装部件，还是在电线上作业，都格外谨慎地戴好安全绳。

然而有些状况，是无论怎样小心都没有办法避免的。野外气象千变万化，有时候前一分钟还晴空万里，忽而一阵风吹来便乌云盖顶。因此高空之上，需要搏斗的对象不光是万有引力，也常常包含各种各样的极端气候。高温不算罕见。最热的时候，李超一度顶着50度的地表高温爬上铁塔。人人都说"高处不胜寒"，但他发现高空之上似乎也并没有什么两样——离天空近了些，感官上也热了不少，明晃晃的太阳如同一个巨大的火盆悬在头顶，很快便将钢铁烤得热气腾腾，仿佛随时都要融化。可哪怕在这样的高温下，高空电工依然必须穿着长袖长裤，从头到脚将自己包裹得严严实实。此时汗液便如水管失控，接连不断地从每一个毛孔里淌出。他张开双手，用力扇风，但微微凉风并不足以解暑，只能心里不停地盼望：快起风吧，吹得越狠越好，哪怕吹得自己东倒西歪也无所谓，只要能凉快，怎样都行。

不过真碰上严寒的天气，日子同样不好过。他见过雪后的东北平原，目之所及都是沉寂和黯败的。他和工友裹着厚重的大衣，如同笨拙的狗熊般穿过雪地，在冷冰冰的铁塔上攀爬。然而在零下20度的低温面前，任何武装都显得徒劳。最先感到寒凉的是双手，被寒风冻得快要没了知觉，饶是一直吹气也丝毫没有好转，反而让整个胸口都变得麻木。偏偏北风还格外强劲，夹杂雪片呼啸而过，像是一记记从天而降的耳光。李超想躲，但是高空上躲无可躲，整个人几下就被吹得晕头转向。他满脑子只想下班，想赶紧离开这个鬼地方，可工作就是工作，老板不喊停，工作怎么能停呢？他不得不一直咬着牙，迎着寒风，使劲扬起脸。

低温只是一方面，冬天最难熬的还是下雪。有一年在湖北，漫天飞舞的雪花纷纷扬扬，如同被风吹落的碎花瓣在天地间飘荡。这样的景致在外人眼中或许颇为浪漫，可对李超和同事而言，那次可真是倒了大霉。铁塔上结了一层冰，踩上去光溜溜的，叫人脚下打滑。本就狭窄的作业空间变得几乎难以站立，每走一步，李超都要双手抓紧铁架，仿佛电影中的慢镜头，慢腾腾地伸出

高空作业的电力工人

一只脚,然后再探出另一只,这样小心翼翼地交替前进,才不至于让自己跌倒。可他很快又发现了一个更严重的问题——身上的安全绳开始打滑,这意味着安全绳不再牢靠,也让本就风险极大的高空作业变得更加不安全,"玩儿命"这几个字一瞬间在李超脑海里蹦了出来。

这样"玩儿命"的情况可不止一次。还有一次在山东压接导线,当天本来晴朗无云的好天气,转瞬之间忽然飘起了雨水。起初细细疏疏,仿佛是斜斜编织的线,可不多时,雨滴就像无数枚碎石子"噼里啪啦"地砸下来。突然,一道闪电亮了起来,伴随着"轰隆隆"的雷声,在黑压压的乌云上撕出了一条狭长的伤疤。他下意识地捂起耳朵，可还没等到从雷鸣的余韵中缓过神，一道新的闪电又接踵而至。所有人都悬挂在半空中，不能动也不敢动，因为几米之外的导线上，肉眼可见地冒出了一朵朵蓝绿色的光。这些都是电光，但凡碰一下，立马性命不保。结果，这场野外作业变成了野外救援，各种放电方式都尝试了，全部没用。最后电工们只能把自己挂在绳子上，和地面人员配合着，慢慢地从天上降落到地面。双脚碰到地面的那一刻，仿佛死里逃生。

即便如此，第二天他还是要老老实实5点起床，一如既往地站在铁塔下，深吸一口气，抓紧了眼前的铁钉。李超有些无奈："为了活着嘛。生活不就是这样，再苦再累，明天一觉醒来，还是不得不去面对。"

记录的意义

李超刚工作那会儿，有像他一样不满20岁的青涩面孔，也有鬓角斑白的中年大叔。无论年少年长，他们都做着一样的工作。像李超这样淡定从容的人有许多，也有很多人受不了这种劳累，最终选择了离开。每年春节一过，李超再回到工地时，都会发现身边少了许多熟悉的面孔。不过很快,那些空缺出来的岗位又会被新面孔填补。

这样一年又一年,周而复始,只有铁塔永远不变。这份职业,除了肉体辛劳,还不得不忍受精神上的孤独。选择成为高空电工,不仅仅是选择了一份工作,更像是选择了一种漂泊不定的生活方式。高空电工们总像无根的浮萍,哪里有工作,就奔向哪里。

李超也记不清十年时间里,自己去过多少城市和乡镇。但无论在哪里,都只是短暂逗留,最后轻轻地离开,除了一地汗水,什么也不留下。他只有过年时才能回到家中,剩下的日子只能与异乡的高压电塔为伴。而那些高压电塔远在野外,他的生活除了吃饭睡觉,就只剩下在钢铁之间机械地爬上爬下。如此日复一日,哪怕是再健谈的人,好像也变得无话可聊。工地上,每个人都在寻找打发时间的方式,有人迷上喝酒,有人特别喜欢听音乐。至于李超,他的时间全部花费在短视频上面:每天工作十几个小时,浓缩成十几秒的工作瞬间,悉数分享在快手上。

并不是只有李超这样做,短视频确实是很多工友打发时间的方式——有人享受刷短视频,也有人热衷分享自己工作的日常,就像朋友圈那样。"申网发哥"隔三岔五展示自己如何搭建铁塔的画面;"云南电力工人AB申"除了记录工作中的酸甜苦辣,偶尔也在镜头前唱上几首山歌;"甘肃龙哥"已经拍摄了近千条视频,记录了工作的种种瞬间……

李超也一样,他最开始的想法只是想要用视频来记录自己的日常生活。可出乎意料的是,他的视频很受欢迎,许多素未谋面的网友纷纷给他留言,有鼓励他的,也有给他出谋划策的,还有人对他的工作好奇,提出了许多角度刁钻的问题,譬如:在高空上万一想上厕所了应该怎么办?这些来自天南海北的留言搭起了一座高高的彩虹桥,串联起高塔与外面的世界,也给李超一成不变的生活增添了许多不一样的色彩。

他开始认真地记录自己的生活,过去的日常在镜头下忽然有了额外的意义。其中包括工人们休息时的画面——累得一动也不想动时,他们干脆躺下来,只凭几根钢丝或一根铁梁将身体支撑住,像在表演杂技那样悬在百米高空之上。也有吃饭时发生的意外——李超勉强在光缆上稳定住身体,正要动筷,一不小心打翻了米饭,结果整个下午都只能饿着肚子上班。

最让人印象深刻的视频是关于一只鸟。一次高空作业时,李超在铁塔上捡到了一只还没学会飞翔的幼鹰。放生时,幼鹰向着前方跌跌撞撞跑去,但过会儿传来了几声"叽叽喳喳"的叫声,它一蹦一跳地又回到李超脚边。那对黑褐色的翅膀扑扇着,似乎是在表达感谢,又像是在道别。也许在这只幼鹰的眼里,李超和它并没有什么两样。李超没准也是一只鸟，生活在高空之上，注定了要为生存奔波，既然停不下脚步，那就一直奔波下去。但李超说，什么鸟不鸟的，他如果是鸟，别人也是鸟。每个人都一样，从早到晚做着重复的工作，无非都是为了生存奔波。至于未来，他还来不及细细考虑，只能走一步看一步。他更专注于眼下，思考如何养活自己，如何生存下去。

现在的李超，和十年前那个有些胆怯和生涩的少年相比，变得更加沉稳。他已经是工友中的老手，开始带起了新人，月收入也突破了一万。也许有一天在野外，你抬起头时，会在某个高高的铁塔上看到某个身影——那张白嫩的面孔早已被烈日晒成古铜色，原本瘦弱的身板也变得宽厚结实，在遥远的高空中，也许他正在娴熟地安装线路。

撰文：李渔

带孩子们"造水火箭"

科学老师王印
快手 ID：2363356248

成为一名科学老师，是王印意料之外的决定，也让他走上了一条与社会时钟完全相反的路。当同龄人都忙着在大城市扎根，他却在学校里带着学生们"玩"得乐此不疲。他说："我这辈子都会当老师，但讲台不一定在教室，也许就在大自然中。"

2021年12月7日，带着学生用饮料瓶"模拟空间站"再次登上央视新闻时，王印已经有了自己的百度百科词条和众多支持者。这距离他上一次水火箭出圈不过半年。

粉丝对王印有个抽象的评价：他是一个坚持的人。但人生有A面，就有B面，两者环环相扣。王印的A面人生是坚持，B面人生却是放弃。他放弃研究生学历，放弃成为工程师，放弃繁华的大都市，放弃每年30万的高薪，放弃回乡考事业编。看似一直在"放弃"的王印，却坚持走上了一座"独木桥"——成为一名科学老师。

带孩子们"造水火箭"

水火箭爆火之前,王印只是浙江安吉蓝润天使外国语实验学校一名普通的科学老师,除了学生和家长,认识他的人不多。他也从未想过自己有一天会获得如此高的关注度。

水火箭的制作初衷很简单,2021年是国家航天大年,学校举办了"太空探索与人类文明"主题实践活动,他要带着学生以实践的方式探索太空科学。

水火箭的舱体由4个1.25升的饮料瓶衔接组成,每个瓶子装入三分之一的水,并打入气压。打开舱门后,水火箭利用压缩空气与水的作用和反作用力而迅速升空。王印最早的制作时间是2021年3月23日,但过程并不顺利,"不是飞不高,就是飞不直,还出现漏气的现象"。失败的原因王印很清楚,一般水火箭长度都是60厘米,而他制作的水火箭达到了125厘米,还要装入808千帕的大气压,舱体稍微有点弯曲就会漏气。但他并不打算缩小舱体,"水火箭越大,发射效果越震撼,越能激发孩子们探索太空的热情"。他一次次搜集数据,重新调整细节,还加入了返回舱的设计,这样就与真正的火箭设计如出一辙。然而,试射还是失败了16次。

5月12日上午10时,在学校的操场上,"三、二、一,发射",水火箭划出一道漂亮的水波线直冲云霄,飞行到30米时成功分离，降落伞带着一级水火箭返回，二级水火箭继续冲向百米高度，整个过程仅用时5秒钟。"哇塞"，孩子们惊喜地又喊又跳，他们知道王老师从不会让人失望。

水火箭成功发射的视频被学校发布到各大平台，王印就这样火了。7月，他被邀请参加中央电视台《高手在民间》节目。王印发现，参加节目的达人大多出自快手。一位叫"森林姑娘"的达人建议王印多发视频，"平台老铁基数大，黏性强，热情又朴实"，可以影响更多孩子喜欢科学。

回到浙江后，王印制作了多条短视频发布。其中一条"早期研究二级水火箭"的视频登上热门，播放量高达5600多万，是全网水火箭播放量最高的一条视频，留言区一片赞扬。《人民日报》、新华社、中央电视台等媒

王印带领学生研究水火箭

体陆续采访报道,与水火箭相关的短视频全网播放量超过3亿。

8月底,国庆档电影《我和我的父辈们》之《少年行》单元已经杀青,但导演沈腾对片中发射飞机的画面并不满意,于是找到了当时爆火的王印。王印把水火箭从学校操场成功"发射"到大荧幕,也发射进更多孩子的心里。

面对突如其来的关注,王印却显得很淡然。他并不认为水火箭爆火是个意外,反而觉得中国科学教育非常需要这种实践式探索,孩子们也喜欢这样的教学方式。王印愿意走在前面,带着孩子们去"玩"。

退学成为一名科学老师

从1990年出生到考上大学,王印的生活半径都以山东泰安市东平县为圆心,在东瓦庄村,他有一个"被放养"和"自由"包裹的童年。爸爸在隔壁县城小学教书,无论冬夏,他天不亮就起床赶路,蹬着嘎吱作响的破自行车往返在几十公里的乡村路上。20世纪90年代,教师工资不高,瘦小的妈妈只能奔波在田间地头,靠种地补贴一家人生计。

父母的忙碌，让王印在"放养"的氛围中成长，有足够多的时间去尝试一切好玩的东西：山上捉蝎子，找柏树子，学着爷爷修理东西的样子做手工，自制温度计，用泥巴捏元宝。9岁的时候，王印还做过与水火箭一样原理的空气炮弹，发射时的兴奋他到现在还记得。

2007年，王印考入山东农业大学的农业机械化及其自动化专业。进入大学，他依然保持小时候的好奇心，尝试各种爱好，魔术、摄影、绘画、中医药、书法、陶笛，还学习了传统武术梅花拳。大三那年，王印被选为学校梅花拳协会会长，还带队参加了上海世博会，展示中国传统武术。这是王印第一次出远门，也是第一次走出山东省。从上海回来后，他决定考研，单纯就是想走出去，看看外面的世界。

2011年，王印顺利考上华东理工大学研究生，选择了机械设计制造专业。如果按照既定的人生轨迹走下去，他也许会成为一名优秀的工程师。可在研二那年，他却选择了退学，放弃了这个让很多人羡慕的研究生学历。而退学的理由是要去当老师。

研一的时候，王印参加梅花拳交流活动，结识了一位工作多年的朋友，对方计划创办一所学校，规模不大，主要提倡让孩子在实践中成长，想把传统武术也纳入课程。通过接触，朋友非常认可王印认真踏实的做事风格和善于钻研的品质，力邀他加入学校。起初，王印并不

王印在进行木工雕刻

想退学,也没有很笃定地选择教育行业,毕竟对他来说,这个行业还是有些遥远和陌生。

到了研二,他还在认真完成老师布置的论文课题——采用全自动化的方式把直径两米的1000度钢铁切断,这个技术主要应用在大型轮船制造上。但无法接触真实操作让喜欢在实践中探索的王印感觉很苦闷。他开始思考:未来是要面对冰冷的机械,还是充满灵性的孩子?王印心中的天平慢慢倾向了后者。

儿子没能拿到研究生学历,父母很遗憾,但还是尊重了他的选择。每逢回家过年,亲戚们还是偶尔会提起他退学的事,有人问他如果能拿到研究生学历,人生会有什么不同?王印从来都是笑而不答。人生会有什么不同他没想过,也没时间去想。自从选择了教师这条路,他就再也没有停下来。

教育的另一种可能性

"我并非天生就是好老师,以前并不喜欢孩子。"王印犹豫是否要选择从事教育行业时,朋友带他去幼儿园实习并接触孩子。起初,不喜欢与人接触的王印面对天真、简单的孩子也不知道该如何沟通,他甚至觉得自己有问题,"那么可爱的孩子,大家都喜欢,我怎么就喜欢不起来"。他实习的幼儿园位于上海郊区,以"华德福教育"为理念,注重身体与心灵的全面发展,孩子们每天都玩得特别开心。有一次,王印留宿在幼儿园。晚上,他牵着住在学校的几位孩子的手在田野里散步,看天上的星星,竟然感受到一种纯粹的美好。这种感觉让王印既熟悉又有点新奇。第二天,他没急着离开,而是带孩子们练武术、做手工、变魔术,孩子们都很喜欢。"没人相信,以前的我自卑得不敢跟别人说话。"原生家庭的关系,王印的成长有过强烈的匮乏感和不自信。和孩子们接触,让封闭的王印一点点打开心门。

2013年年初,他力排众议去了朋友开办的一所具有实验性的私立学校,最初只有三四个孩子,除了教拳,王印还教其他学科。学校创办初期,王印把车库改成木工房,自己做家具。"当时还没开设手工课,但孩子们喜欢在里面玩。"一个10岁的男孩提出要做把武士刀,王印马上帮他找材料,失败了10多次,历时两个多月,终于

王印去山区支教，就地取材制作竹剑

做成功了。这让王印看见了教育的另外一种可能性，他开始尝试开发手工课，带着孩子们通过木工技术解决问题。孩子们的热情、灵动以及对事物天然的好奇心，都让王印为之动容。

班里有个叫吴为的小孩，做手工时偶尔会手上烫个泡或者刮个小口子，年仅6岁的她从不哭鼻子，也不会退缩。"王老师做事投入的状态，深深影响了吴为。"吴为妈妈说，孩子现在已经初一了，闲暇时还会画图，自己设计并制作玩具。她希望女儿长大后能成为像王印老师一样的人，做任何事都很沉浸，并乐在其中。与孩子们在一起让王印看见了生命的无限可能，并慢慢地意识到：对他而言，教育就是通往心灵自由最快的一条路。

2016年年底，王印进入安徽省黄山市休宁县的一所私立学校担任手工老师。这是一所以"全人之美"为理念的学校，非常注重孩子的全面发展。他在学校办了一个手工和科学兴趣班，全校有一半的孩子报名参加。但因为投资方的问题，休宁县的私立学校停办。2020年，王印来到蓝润天使外国语实验学校教科学。

"中国空间站什么舱最重要？""气球为什么会飘在空中？"王印上课很少直接给答案，都是通过问题让学生先思考，师生之间就像打乒乓球，最后共同找到解决的方法。学习声音的相关科学知识，他就吹陶笛，让学生辨别声音的高低强弱；学习如何了解空间站，他就带着学生用塑料瓶模拟空间站。他还尝试用手机连接望远镜，自制拍摄神器，带学生观察月亮。在这个习惯追求标准答案、追求100分的内卷教育环境里，王印给予孩子们足够多的"试错空间"，鼓励他们不怕失败，大胆探索。

"我这辈子都会当老师，但讲台不一定在教室。"

"家里有个网红老师，感觉不错吧。"水火箭走红后，有人跟王印妻子开玩笑。但她很无奈，因为王印除了更忙了，没有任何变化。每天要上3节科学课，一节校本课，每天要至少留出两个小时备课，要听年轻老师讲课并提出指导性建议。晚上，他要带着科创小组一起搞发明，进行深度科学思维培养。等到晚上8点半，把科创小组的学生一一送走后,他还会继续研究未完成的部分,几乎要到晚上10点才能回家。偶尔因接受媒体采访和参加活动挤占了科研时间,他会感到不安,因为必须保证每天5个小时的科学制作时间。"一个科学老师,比语数外老师还忙。"

有朋友建议他去执教主科,毕竟科学不是高考科目,不容易出成绩,也很难升职加薪。在休宁县任教时,王印曾应学校要求,执教过一段时间初中生物课,获得了家长和学生的高度认可。尽管执教初中生物薪资标准会更高一些,但他最终还是选择了小学科学。"初中生物更多以应试为主,而小学科学可以进行大量实践,带着孩子们去探索。"王印喜欢被科学探索的灵感击中的感觉,对他来说,这更有挑战性。

遇到担心科学制作耽误孩子学习的家长,他就耐心跟他们沟通:"不要让孩子的好奇心被没有色彩和形状的知识概念堵死了,比起学习成绩,他们更应该成为一个人格健全、有审辨思维能力和科学探究精神的人。"

科创小组有9个孩子,都是他亲自挑选的。除了具备一定的科学素养,品行是入组的敲门砖。新转来的学生张洪铭申请加入科创小组,王印一直在考察他。一天,他跟学生去食堂吃饭,同学餐盘洒了,张洪铭马上跑去帮忙收拾,王印当时就决定同意他入组。

除了选学生的标准很纯粹,王印选学校也只看两点:

第一看理念，学校是否重视孩子在实践中成长；第二看学校的周边环境，他选的学校都在县城，甚至更偏远，处在更加接近大自然的地方。之前有一所投资超过20亿的私立学校承诺王印30万年薪，但因为理念不同，他拒绝了。吴为妈妈听其他家长说，王印在第一所学校任教时，有半年时间没开工资，大家谁也没看出来，因为他和孩子们玩得太嗨了，每天都很投入。

水火箭火遍全网后，有人建议他开直播，讲讲科学知识，顺便带带货。但他只在快手小店挂了一本《玩转科学》，没宣传，也没推广，半年卖了4本。他基本自费购买所有的科学制作材料，"灵感来了，就得马上动手，不能等"，事后也很少去找学校报销，因为他不太熟悉报销流程。有人建议王印去申请专利，比如手机自拍神器。他说没研究过申请专利的流程，也没时间和精力。

王印制作水火箭

王印和学生们一同制作竹剑

王印的妻子也是老师，他们有个5岁的女儿。之前，小两口在安吉县城买房，几十万的首付也凑了很久。有朋友说，如果王印当年不放弃研究生学历，选择做工程师，也许日子会比现在过得好。王印从不做任何假设，他有自己的坚持。

前段时间，他在快手上更新了一条自制摄影神器的视频，尝试着跟老铁们分享自己的成果，去验证发明的实用性。他还计划发布一些科学制作的教程视频到网上。但大部分时间和精力，他都是带着身边学生进行科学探索，希望尽全力做到最好。

王印一直记得一个画面：母亲坐在昏暗的灯光下，一针一线缝补他的破裤子，每一针下去都像是在绣一幅精美的画。第二天摆在床头的一定是条完好无损的裤子。母亲没什么文化，但做事非常追求完美，这深深影响了王印。他专注在自己喜欢的领域，不急功近利，不被外界的喧闹打扰。

　　小有名气之后，有人劝他去大城市找个国际学校，薪酬高。还有人劝他回老家，考个事业编，进入公立学校，生活更有安全感。但王印依然坚持自己的想法。30岁的他，至今还保留着强烈的好奇心和探索欲。他喜欢摄影，经常拍大自然的风景分享给学生，让他们也热爱并亲近大自然。

　　他计划三年后开发一套"房车上的科学"视频，带着妻女走遍全国。他想去观察不同城市的气候、不同区域的天气变化，观察日月星辰、飞禽走兽；想到各个城市的博物馆去看化石，了解文明的发展史，然后拍成视频给全国的孩子们看，讲给他们听。"我这辈子都会当老师，但讲台不一定在教室，也许就在大自然中。"

撰文：小未

600多个孩子的"老师妈妈"

言语康复曾老师
快手 ID：1383297727

十六年的职业生涯里，言语康复师曾耘帮助过600多个听障宝宝学会说话，她清楚地记得每个宝贝第一次喊妈妈的场景。越来越多的孩子"毕业"令她欣慰，这意味着他们的生活重新回到了正轨，而这也意味着一个家庭幸福的开始。

"m"属于双唇音,会比其他音节的发音更简单。"妈妈"(mama)本是婴儿最容易发出的声音,但对于听障宝宝来说,想要喊出妈妈却需要付出百倍甚至千倍的努力。

根据第二次全国残疾人抽样调查显示,我国是世界上听力残疾人数最多的国家,约有2780万人患有不同程度的听力残疾,0—6岁听障儿童约有13.7万,每年新生听障儿约2.3万。

面对被按下"静音键"的群体,90后言语康复师曾耘帮这些听障儿童推开了一道门。她用十六年的时间,教了600多个听障孩子学会说话,让他们回归正常人的生活。她是孩子们的"老师妈妈",领着这些孩子打破"十聋九哑"的黑色幕墙,给更多听障家庭带来了希望。

600多个孩子的"老师妈妈"

"我叫凯文,今年4岁,我会说话了。"2023年10月底,凯文从武汉小葵花康复中心毕业,他要回到正常的幼儿园去上学了。如果不是因为头上佩戴的人工耳蜗,其实很难看出他是个听障宝宝。"当鸟儿鸣叫的时候,当音乐响起的时候,我听不见,当我想妈妈的时候,我也说不出。'老师妈妈'教我发音,a——o——e,我终于会说话了。"从一个字也不会说,到如今声情并茂地朗诵诗歌,凯文口中的"老师妈妈"曾耘带着他训练了整整11个月。

曾耘是小葵花康复中心的言语康复师,主要工作是给面临言语障碍、社交沟通障碍、吞咽障碍等问题的群体做测评,并进行一对一的康复训练,测评范围包括听障、自闭症、发育迟缓等,而听障人士是其中最主要的群体。

对于听障儿童来说,语言康复黄金期是2—6岁,曾耘的学生也大多集中在这个年龄段。看着小小的人要经历常人难以忍受的苦,曾耘表示很心疼,也担心那些没及时做康复的孩子耽误了成长的关键期。曾耘的工作需要和时间赛跑,她只能极力压榨自己的休息时间——周一到周六,每天从早上8点连续工作到晚上7点,中午吃饭也只用20分钟,一天至少要帮助21个孩子做康复训练,周日也常常加班。"做康复是抢救工程,抓紧每分每秒,别耽误孩子黄金时间,也别让家长等太久,给他们节省点支出。"

在成为言语康复师的近十六年的职业生涯里,曾耘前后帮助过600多个听障宝宝学会说话,她清楚地记着每个宝贝第一次喊妈妈的场景。2岁的泽泽是曾耘教"妈妈"发音最多的宝宝。"这是什么呀?""m……""再念一遍,ma——""妈……"就是这个简单的发音,重复教了两个多月,粗略估算至少教了5000多遍。尽管已经见证了几百个孩子成功发音,但当听到泽泽发出的声音,曾耘依然像第一次听到听障宝宝说话般欣喜:"太棒了,

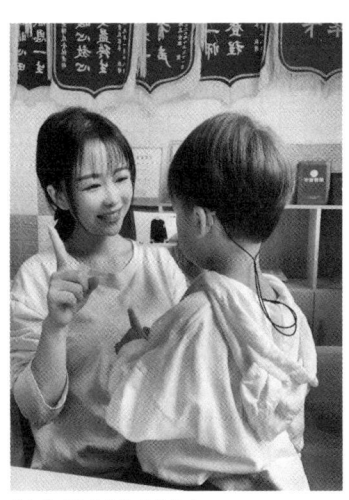

曾耘教听障宝宝发"y"的音

泽泽会叫妈妈了！"泽泽是先天性重度听力受损的"耳蜗宝宝"。第一天跟曾耘见面时，小家伙怯生生的，眼睛紧盯着自己的妈妈。曾耘想抱抱他，但他死死搂着妈妈的脖子，大哭着不肯松手。那时的泽泽，除了哭并不会其他表达方式。但在康复中心毕业那天，他紧紧抱着曾耘，一遍遍地说："老师妈妈，我爱你！"

曾耘教孩子们说的第一个词总是"妈妈"，除了专业考量，也有情感因素，"妈妈们太不容易了，我想给她们一个惊喜"。起初，孩子们都喊曾耘"妈妈"，但她让宝贝们叫她"老师妈妈"，"毕竟跟他们的妈妈比，我这点付出实在不算什么"。

2019年6月9日，曾耘开通快手账号，分享了一个双耳极重度听障宝宝发声训练视频，仅34秒，引来了许多关注。有家长看到视频后，带孩子从外地来武汉找她。"最远的有西藏的，还有新疆的，差不多30%的孩子都是通过短视频平台找到我的。"这让她意识到，中国有言语康复训练需求的家庭还有很多。

"大多数听障家庭都是爸爸负责赚钱养家，妈妈辞职陪孩子做康复训练。"与这个群体密切接触后，曾耘愈发感受到了他们的艰辛，"人工耳蜗一般需要10—20万，并不是所有家庭都能承受这个费用"。不仅如此，很多从外地来武汉的家庭还要承担康复、租房、吃饭、交通等费用。然而，日子再难，也极少有家庭放弃孩子说话的机会。有一个听障宝宝的父母、妹妹都是聋哑人，爷爷去世后，奶奶又罹患癌症，但老人从未动摇让孙子康复的信念。与所有听障家庭的忧虑一样，她害怕孙子因不会说话遭到歧视，更害怕他长大后在社会上一点立足之地也没有。

守护听障宝宝

　　成为言语康复师之前，曾耘从未想过自己18岁就当上了"妈妈"。那一年，她在湖北师范大学汉语言专业读大一。"我从小就梦想成为一名教师。"一次偶然的机缘，曾耘去小葵花康复中心做志愿者，没想到很快就实现了这个梦想。十六年过去了，她已经想不起来第一次去小葵花是星期几，但对孩子们的记忆却无比清晰："我特别特别喜欢他们，很单纯、可爱，有的小孩直接过来抱着你的腿，感觉很需要你。"

　　每次去小葵花，她都给孩子们买零食，带他们做游戏。"那天正玩得开心，一个3岁多的小女孩，突然指着嘴巴，发出'啊、啊'的声音。"曾耘回忆，那是一个非常可爱的小女孩，梳着两个小鬏鬏，齐刘海，小脸肉嘟嘟的。她以为女孩要吃东西，可女孩却一把推开饼干，

曾耘给孩子们上认知理解课

依然指着嘴巴,曾耘又以为她牙痛,女孩着急地拽着她的手去指小杯子,"我这才明白过来,她是想喝水,那一刻就很难过"。想喝水或想吃东西,对一个三四岁的孩子来说是很容易表达的需求,可听障宝宝做起来却十分艰难。受到触动的曾耘想教女孩说"喝水",起初与大多数人的想法一样,以为教孩子们说话没什么难的,可她足足教了一个小时,女孩也没学会。一位特教老师走过来,让女孩摸着她的发音部位,只教了几次,女孩就发出了"喝水"的音,这让曾耘感觉很神奇。那个当下,她重新理解了这份工作,并萌生了留下来的念头。

"善良,有爱心,有耐心,有朝气。"18岁的曾耘满足成为一名特殊教育教师的性格要求,也具备良好的专业素养。可直到正式成为一名特教老师,她才真切体会到,教会孩子发音是一件很难的事,"如果不是真心爱这些孩子,根本干不下来"。比如让他们学会说"妈",不是教一声"ma"的发音，孩子就能配合。事实上，这些孩子并不理解发音需要把嘴巴打开，用声带震动。"m的音节，把本音教会，还有旁系音节，妈、猫、妹……韵母口型都不一样，每一个词，都要拆开了反复练。"当年，小葵花是托管制度，孩子们全天住校。曾耘不仅要教他们语言训练，还要照顾他们的吃喝拉撒。"两三岁的孩子，很淘气，我又是新手。孩子要尿尿，要拉粑粑，甚至有时还拉到裤子上，要去换裤子洗屁屁。"18岁的她，就这样成了"妈妈"。

有一次，她去接一个新生，孩子很害怕，不愿放开妈妈，便挥舞着小手使劲打她，曾耘的脸被打得通红。1990年出生的她在武汉土生土长，父母虽是普通工人，但她作为家中的独女，一直是那个被照顾的角色。父母起初就不太同意她的选择，看到女儿如此辛苦，爸爸更加反对："去学校或幼儿园当个普通老师不好吗？为什么要遭这个罪？"那时曾耘也有点动摇了，但无关苦累，只是因为在教孩子说话时经常没有进展，她开始质疑自己的能力。她拜小葵花的李建军老师为师傅，和李老师学习与孩子互动、相处的方法，也在实践中摸索经验，根据不同孩子的情况设计教案。

小葵花接收的听障宝宝大多是先天性的，也有药物原因或噪音致聋的。他们依靠植入人工耳蜗或戴助听器接收外界的声音。从听障世界迈入健听世界，开口说话是听障宝宝要过的最难的一道关。"孩子们并没有发声的肌肉记忆，模仿发声时，常常是舌头位置不对，口型也不对，最简单的发音对他们来说也很难。"俊逸刚来小葵花时才两岁多，他的听神经发育不全，外耳畸形，左耳听力补偿值40分贝，右耳则达至100分贝，听力损失为极重度。"这意味着声音要至少达到100分贝，孩子才能听见，我们正常说话的声音只有40—60分贝。"足足用了两个多月，小俊逸才学会发第一个音"a"。

除了教听障孩子说话，曾耘还在康复训练中融入了情景教学。"遇见别人说谎怎么办？看见别人摔倒怎么办？如何学会与人分享？我设计了很多孩子们回归正常生活可能会遇见的事情。"

"哎呦喂"，旁边一位老师猛推了一下曾耘。"胡老师，不许推人，推人不礼貌，我们要好好相处"，一位"耳蜗宝宝"逻辑清晰且完整地说了这个长句，这让曾耘很激动。她最希望看到的就是这群孩子能够早点和正常孩子一样融入社会。

她也常把教学视频分享到互联网上，给更多听障家庭"云教学"。而网友们友好的评论也总是带给她感动。"大部分粉丝不是听障群体，他们只是看见我的分享，特别喜欢这些可爱的宝贝。"

无论多忙，曾耘也要打扮得美美地上班，买衣服特意挑选马卡龙颜色，"我想让孩子们一看见我就开心，早点建立情感，康复效果好"。"'老师妈妈'，这朵小花送给你""'老师妈妈'，你咳嗽了，我给你倒水""'老师妈妈'，这是我最爱吃的零食""'老师妈妈'，我用零花钱给你买了一杯奶茶"……孩子们也用各自喜欢的方式表达着对她的爱。

十六年来，她成为600多个孩子的"老师妈妈"，帮助他们重新回到正常人生的轨道，她也是快手上十几万人的"言语康复曾老师"，帮助许许多多的家庭重新回到正常生活的轨道。

家庭与事业的天平

对于曾耘来说，600多个听障宝宝人生第一次喊"妈妈"都是对着她喊的，也是她一遍遍教会的，可她自己的孩子第一次说话喊的却不是"妈妈"，而是"家家"，这是武汉的方言——"外婆"的称呼。儿子3岁之前，她一直托付给父母照顾。儿子不到一岁时，妈妈欣喜地告诉她孩子会说话了，但他喊的却不是"妈妈"，甚至她都没听到儿子人生第一次说话。

一提到儿子，曾耘满眼愧疚。孩子不到8个月，她就强行断了母乳。断奶后，孩子胃口不太好，3岁以前总爱

曾耘和乐乐宝宝在一起

生病。她常答应带儿子周末出去玩,又总因临时来了听障宝宝着急做测评而爽约。

兼顾家庭和事业对于女性而言像是个伪命题。选择了别人家的孩子,便容易忽略自己的孩子,这种忽略甚至从怀孕便开始了。怀孕两个月时,曾耘担心上班迟到,急匆匆下楼,结果从楼梯踩空,滚了5个台阶。她坐在冰冷的瓷砖地面,花了十几秒都没站起来,尾椎骨疼了半个多月,身上一大片淤青。怀孕7个月时,她站在凳子上给上铺的听障宝宝穿衣服,从椅子上跌落,坐在地上缓了30多分钟才站起来,然后又接着工作。第二次摔倒的事,她一直没敢告诉丈夫。因为第一次摔倒时,丈夫已经强烈反对她继续上班，与父母当年一样，初衷都是为她好，可放弃一份渐有起色的事业并非易事。然而，紧接着发生的一件事，才让她真的决定放弃了。

儿子8个月时，康复中心有两个宝贝得了手足口病，这个病对于5岁以下的孩子传染性极高，她很害怕，每天回家都进行各种消毒，没想到儿子还是被感染了。嘴巴、手上、脚上、屁股上长满了小泡泡，孩子疼得直哭，不肯喝奶，又饿又躁。忙碌的曾耘放下高烧的儿子，还坚持要去上课。这一次，丈夫不想妥协了，夫妻两人大吵了一架。"你还要不要这个家，你还要不要自己的孩子？"这个问题让曾耘很痛苦，看着因高烧而坐不稳的儿子，她犹疑了。

那段时间，曾耘一直因焦虑失眠，晚上偷偷流泪。言语康复师的身份带给她多少荣光，就带给她多少压力，当家庭与事业的天平左右摇晃时，她感觉自己快要走不下去了。她让丈夫给她一个月时间办理离职交接。"当时我在给9个孩子做康复，不能说走就走，得让其他老师先跟孩子建立信任，不然会影响孩子的康复效果。"后来有人问曾耘，一个月的交接时间是不是缓兵之计？她摇了摇头："当时就是想放弃了。"

可一个月之后，事情却出现了转机。一次，曾耘手机落在家里，让丈夫送去小葵花。就像她当年第一次去小葵花被这群孩子打动一样，丈夫也被这群可爱的孩子感染了，他们那么热情、那么可爱、那么依赖曾耘，却因为先天缺陷没办法融入正常生活。似乎是一瞬之间，他突然理解了妻子的选择，不再强迫她辞职，甚至为了支持她而承担起更多家务。原本就不舍得放下的曾耘，也放弃了辞职的念头。

无法放弃的原因

"天呐，这工作给多少钱我都干不了。"这是一个粉丝在曾耘视频下的评论。很多人都以为曾耘的工作是高薪，但她刚上班时一个月工资仅700元。即使现在，小葵花在言语康复行业收费也算低标准，特殊教师们的薪资和当地普通教师的薪资水平差不多。但这份工作需要一周工作6天，从早忙到晚，需要老师有极高的耐心和爱心，很多人带着期待来又带着失望走。"如果不是热爱，真的很难坚持。"曾耘的嗓子常常是沙哑的，几乎每一天，她都处在高亢奋状态，要充满激情地教孩子们说话，要争分夺秒地给不同的孩子设计不同的教案。"泡泡"，当浩浩哈哈大笑着捏碎一个泡泡后，终于说出这两个字，吹了一上午泡泡的曾耘兴奋地直跺脚："太棒了，简直太棒了！"

事实上，曾耘早已是言语康复领域的优秀人才，也是很多听障家庭排队也要等到的教师。她如今的档期已经排到了下一年，但她对此没有半分欣喜，反而因为家长的等待感到焦灼。家长们之所以这么热切地选择曾耘，除了她的专业度高、对孩子更有方法和耐心之外，还有一个很现实的社会因素：我国言语康复师的缺口很大，若儿童的发音和构音早期干预不及时，意味着未来这个家庭可能要付出更多的金钱、时间和精力。

如今的曾耘再也不想放弃了，她要帮这个群体摆脱困境。除了帮他们做康复训练，她还会带着孩子们出去玩，在家里给他们做饭，遇到贫困家庭的听障宝宝，也会

乐乐毕业时的合影

给他们买衣服、买围巾……很多宝贝毕业后还会跟曾耘保持联系。他们拿妈妈的手机给她发私信："'老师妈妈'，你在干什么？""'老师妈妈'你辛苦了，要多喝水。"还有宝宝从外地来武汉时特意到小葵花看她。

一个叫豆豆的6岁小女孩，从小葵花毕业三年了。前段时间和曾耘一起去央视录节目，从前不会说话的"耳蜗宝宝"如今在央视的舞台上落落大方，表达流畅。但她还和以前一样，拽着曾耘的手，不愿松开。豆豆家也在武汉，但距离小葵花康复中心很远，可女孩太想念曾妈妈了，这让忙碌的曾耘偶尔会挤出时间去看她。有一次，从豆豆家出来，女孩站在阳台上跟曾耘挥手告别，一遍一遍喊着"老师妈妈"。天很黑，屋子里的光从背后照着豆豆，像天使一样的女孩拼命挥舞着手，这个画面她始终忘不了。

小葵花的教室里挂了90多面锦旗，曾耘从不认为这代表着荣誉，"每一面锦旗背后都是一个不幸的家庭，但好在它们又有了一个幸运的开始"。

撰文：小未

像梭梭树一样扎根的
治沙青年

小仲－沙漠变绿洲
快手 ID：2758302360

当同龄人奔逃似的离开家乡，大学毕业的仲麟，却回到风沙弥漫的戈壁滩。和之前一代又一代的民勤人一样，在沙窝窝里与风沙"战斗"。他说，努力不是为了摆脱家乡，而是为了帮助家乡摆脱贫困。种树治沙，成了他人生最重要的事。

3月的风沙,到了民勤变得愈发具体。他深一脚浅一脚地走着,沙漠里留下了一排孤寂的脚印。暗红色的脸庞,粗粝的皮肤,丝毫看不出这个年轻人只有26岁。这是95后仲麟成为治沙人的第五年。当同龄人奔逃似的离开家乡,大学毕业的他,却回到风沙弥漫的戈壁滩,如同一代又一代的民勤人,在沙窝窝里与风沙"战斗"。

甘肃省武威市民勤县,位于河西走廊东北部,是古代丝绸之路必经之地,被腾格里沙漠和巴丹吉林沙漠三面包围。2012年,民勤荒漠化面积达到94.9%,荒漠边缘以每年三四米的速度向绿洲推进,美国《国家地理》杂志曾预言,"民勤将会在不久后消失"。十年过去了,民勤不仅没消失,森林覆盖率由上世纪50年代的3%提高到了18.21%,并获得全国绿化模范单位的荣誉称号,成了远近闻名的"瓜果之乡"。

逆袭的背后,离不开国家的环保意识和财政投入,也离不开沙漠"逆行者"的执着与坚守。在治沙的大浪潮下,小仲的故事并不特别,但他执拗的家乡情结和不放弃的坚韧,影响了许多人。

像梭梭树一样扎根

进入春季，民勤迎来"风沙大会战"。天暖和了，沙土渐渐松软，是种树的最佳时机。年轻人挖坑、种树，脸庞被风沙吹得红里透黑，老年人抱柴草，扶树苗，累得满头大汗也不敢歇气。每个种植点都有近百人，争分夺秒地种树压沙。民勤人一点也不敢耽搁，毕竟这是一场生存之战。这场会战将从3月持续到4月。

小仲在沙漠连续住了7天。他给梭梭树林绑防护栏，保护即将种植的树苗不被牲畜啃食。树林位于民勤县东湖镇青土井一带，这里最低温度仍然在零下，昼夜温差15.5度，白天和黑夜跨越了冬、春两个季节。沙漠的风几乎没停过，一直在吹。3月12日，青土井又刮起了沙尘暴，一天下来，小仲的耳朵和嘴里全是沙子。常年生活在风沙里，这让他看上去比同龄人大了10多岁。他通常早上6点多开始干活，下午1点多才回"家"吃午饭。沙漠的家，就是一个简易、破旧的钢板房。

这里水、电、网都是稀缺资源，毒辣的阳光伴随一年四季。因为超采地下水破坏生态环境，政府不允许打深水井。浅水井的水基本都是苦的，可就算是苦水，也只够洗脸、做饭和基本饮用。小仲最长一次在沙漠住了两个多月，一次澡都没洗过。沙漠靠太阳能发电，仅有的电量只够照明和手机充电。平时做饭就用灶台或取暖

漂亮的腾格里沙漠

用的煤炉子,烧牛粪和柴火。虽然安装了信号接收器,网络也经常卡顿,打电话有时还得站到沙丘最高处,进了沙漠基本就意味着与世隔绝。

即使这样的条件,也比十几年前好太多。以前,民勤人进沙漠治沙,就带点干馍馍和酸菜,用几块石头支起一口大铁锅,点上火热一下,凑合吃一顿。没地方住,就在沙地挖个深坑,上面用木棍撑起来,再盖上一帘茅草,当地人叫"地窝窝"。

2024年是小仲在沙漠种树的第五个年头,他早已习惯了沙漠生活。2019年,他第一次尝试着在家附近的沙地种梭梭树,因为没经验,仅浇过一次水,500棵树全旱死了。"还以为种下就能活,没想到,在沙漠种活一棵树那么难。"

跟小仲相比，曾叔是个种树老手。曾叔的全名叫曾令龙，他已经在民勤成功种植了2万多亩梭梭树，有足够多的经验可以传授给小仲。"间隔一米种一棵树苗，一亩沙地能种168棵梭梭树，每棵树苗要挖40公分[1]的坑，太深太浅都不容易成活。"种了十多年树的曾叔很羡慕小仲这一代人。以前种树都是用铁锹挖坑，一天下来，手磨出血了，也种不了几棵。现在大规模种树都用挖坑机。以前浇水用驴车拉，或者用扁担挑，进了沙漠，再拎着水桶一棵一棵地浇，现在浇水用水车。机械化的使用，提高了种树效率，曾经每人每天只能种一亩地，现在能种三亩。

民勤有句老话，"三分种，七分管"，种树效率是提高了，但后期养护一样难。树的活法只有一条，死法却是千奇百怪。可能会被旱死，还可能会被风连根拔起，或者被沙鼠、牲畜咬死。要保证成活率，必须精心呵护。在曾叔那里取得"真经"的小仲，2021年又种了800亩梭梭树。为防止树苗被大风沙掩埋，他每天要到沙上跑几趟。树倒了，再栽，苗枯了，再补，有的小树苗要重栽三四次。

移栽的梭梭树，一定要浇足水，如果沙漠不下雨，一个星期至少浇两次。不到一年，小仲种植的梭梭树，

1　1公分等于1厘米。

曾叔在沙漠里干活

成活率达到了90%。这个结果,他非常满意,"一棵梭梭树就可以拯救10平方米的沙漠"。看着顽强的梭梭树在沙漠生根发芽,小仲治沙的决心也深深地种在了民勤沙漠。

回乡创业

大漠孤烟,在诗词里文艺且美好,可真正的沙漠,苍凉、无情,让人敬畏又恐惧。"一夜北风沙骑墙,早上起来驴上房。"住在西渠镇丰收村的小仲,是听着这个歌谣长大的,甚至还亲眼见过这个画面,只是被风吹上房的是村民养的羊。

2010年4月24日，对于民勤人来说是一个灾难日，民勤遭遇了10级到11级大风和特强沙尘暴袭击，持续3个多小时。当时的小仲12岁，亲身经历了这场"黑风暴"。白天瞬间变成"黑夜"，能见度为零。狂风呼啸，天地混沌一片，只能隐约看见一道黑色的风墙快速移动。"登高望远全是沙，一刮大风不见家。"沙漠一点点蚕食着居住的家园，小仲的家是土坯房，屋后紧挨着沙丘，幼年的他常常担心自己的家会被沙尘暴吹散。

民勤有个全国治沙模范石述柱。当地孩子都知道，这个治沙大英雄，是保卫家乡的战士，但很少有人想要成为他。娃娃们只知道要努力学习，有朝一日能够走出家乡。因此，民勤人很重视教育，他们希望孩子可以尽可能地超越父辈的教育起点，改变命运，离开这个沙土飞扬的地方。小仲也遵循父母期望的轨迹，考上了兰州的一所大学。

原本他也可以跟众多同龄人一样，远离这望不到尽头的风沙。但冥冥之中，他的人生轨迹又和家乡紧紧相连。小仲的父母都是农民，家里种了20多亩的蜜瓜和一些玉米、葵花、小麦。上大学期间，他在朋友圈卖家乡的蜜瓜，销量最多时一个月能赚1000多元。大三那年，他还曾以"家乡的土特产"为名，参加了全国大学生"互联网＋"创业大赛，获得了甘肃省金奖。这份荣誉，给了小仲回乡的底气和信心。2020年7月，大学毕业的他，决定返回民勤创业。

跟小仲一起回到民勤的，还有六个外地同学，这群意气风发的青年，被小仲的"商业计划"吸引，想在民勤闯出一片天地。父母不理解他为什么要回来，家乡人质疑他们是在大城市混不下去了。毕竟，"天下有民勤人，民勤无天下人"，说的就是民勤人为了生存而走天下，但外地人却绝不会来民勤谋生。这些小仲都不在乎，他就是想在家乡干出一番事业。

然而，仅凭一腔孤勇，没有完善的商业模式，也预示了这群热血青年的创业结局。蜜瓜每年5月份开始种植，7月初成熟，小仲和6个创业伙伴在各大平台一直销售到9月底。旺季时，每人每月能赚3000元。11月份，又开始销售人参果，但受产量影响，人参果价格不稳定，销售情况也不理想。没有农产品可卖或收入微薄时，他们就去给别人装车卸纸箱，6.8米的大车，卸一车120元。这跟预想的完全不同，日子久了，便有人坚持不住。2020年年底，有同学陆续离开。2021年4月，最后一个创业伙伴也决定离开。

备受打击的小仲，独自在沙漠待了一整天。坐在沙丘上，看着被风卷起的沙粒四处飘散，他形容当时的心情："那找不到方向的沙粒，像极了迷茫的我。"小时候，他常和小伙伴到沙漠玩耍，放眼望去，四周没有山，也没有路，只有一片片的沙丘，但他从未感到过荒凉，因为这里是他的家乡。同学劝他一起离开，趁年轻出去闯荡几年，可小仲不甘心就这么放弃。

最难的时候，是曾叔给了他希望和生机。曾叔在生存和生活之间，找到了平衡。他通过在梭梭树下嫁接肉苁蓉和锁阳，让沙漠长出"金子"。相差22岁的两个人，有着相似的经历。作为土生土长的民勤人，曾叔也曾亲历"沙进人退"的变迁，目睹了土地荒漠化带给人们的苦难。20世纪90年代，曾叔从西北民族大学美术系毕业后，怀揣着创业梦想，做生意赚了点钱，就想为家乡做点事。他选择了种树治沙，一种就是十几年。曾叔眼里的小仲，踏实、努力，对家乡有着深厚感情。小仲的坚持，也让他看到了年轻时的自己。

"如果民勤的年轻人都愿意回来建设家乡，这里一定

曾叔嫁接的肉苁蓉

会越来越好。"对于很多人来说,民勤风沙大、缺水、人少、荒凉,但小仲和曾叔都能在这里感受到静谧和美好。这里是他们的根,也是他们即使考上了大学,也想回来的故乡。

要生存,也要生活

"我喜欢梭梭树,小小的一株,顽强极了。"以前,小仲总想着等赚了钱再去种更多树。2021年,一场沙尘暴来袭,村民精心呵护的瓜苗被风沙肆虐,一夜间死了三分之一,他不想再等了。

民勤是个农业县,各乡镇根据自己的土壤特点,种植的农作物也不太一样。小仲家附近的乡镇,主要以蜜瓜、人参果、葵花、玉米、小麦为主。为了保护赖以生存的田地,农民们想尽了办法。有人在田边插葵花秸秆防沙,有人用农田废弃的地膜来防风沙,还有人用舍不得给羊吃的瓜秧压沙,最被广泛使用的,便是草方格压沙。小仲的父辈们曾种沙枣树、红柳树防风沙,但他更喜欢"戈壁之王"梭梭树。梭梭树能耐高温和极寒,20公分的小树苗,三年就能长到两米,它能牢牢抓住沙土,还能拦截飞沙走石。

和梭梭树一样，小仲给自己设定的成长期也是三年，这是他给父母的交代。作为家中长子，努力又孝顺的小仲一直是父母眼中的好儿子，也是弟弟的榜样。可如今，固执返乡的他，成了"反面教材"，父母不希望小儿子也回来吃治沙的苦。当地对大规模的治沙种树纳入招投标管理，考核标准之一是三年内梭梭树成活率不低于90%，有一定资质的公司才能中标。小仲只有一年的种树经验，但他初生牛犊不怕虎，"只要坚持种下去，早晚能被看见"。他跟着曾叔学种树治沙，还学着修打坑机。"机器用久了，总是会突然熄火，从沙漠拿出去修又太浪费时间。"这些问题，对小仲来说都不难。缺钱，才是他无法逾越的难关。

第一年治沙，小仲投入了8万元。几笔支出清晰可见：租3辆水车，7天花了27300元；雇20多人种树，15天花了45000元；买6个挖坑机花了4800元；围栏只买了一小部分，花3000多元，其余是曾叔的赞助，这给小仲省了2万多元。

2022年，小仲计划再申请2000亩沙地，可他早已入不敷出。他想贷款，大学生创业贷款，政策上有扶持。按照2000亩林地的投入，至少要贷款20万元。可贷款需要担保人，且担保人必须在事业单位上班，这让小仲犯了难。亲戚里没有公职人员，非亲非故的人又不可能给担保。"实在找不到人担保，就只能出去借钱。"小仲非常有信心能还上欠款。他算了一下，一年只要卖2万箱农产品，不管是人参果还是蜜瓜，一箱赚5块钱，利润就有10万元，两年就能还清欠款。

可即使有了钱，治沙也不容易。民勤县干旱少雨，平均降水量为113毫米，蒸发量却高达2646毫米，水资源补充极少。家乡缺水的事实，早就烙印在小仲的记忆里。小时候，每到取水日，他就跟着爷爷奶奶推着架子车，拉上一个60厘米高的铁皮桶，到指定地点取水。他还记得，自己提水桶去喂羊，走急了，水洒出来一点，都会被父母大骂一顿。沙漠里的水，实在太珍贵了。

"由于过度开采地下水，致使地下水位连年下降。"小仲听老人说，20世纪60年代，打井只要两米多深就能出水，现在打到20米以下都不一定能出水。为了解决地下水超采问题，民勤曾实施生态移民工程。地处沙漠边缘的西渠镇煌辉村，一大半的村民迁移到了100多公里外、水利条件较好的地区。

除了用水不易，小仲和曾叔还有一个共同的感受——雇人难。据我国2021年第七次人口普查显示，民勤常住人口约17.85万，深圳人口约为1756万。但民勤的面积相当于8个深圳。与第六次人口普查相比，民勤减少了6.28万人，其中，60岁及以上人口占比高达23.31%，是武威市人口老龄化程度最高的区县。

"以前雇人差不多100元一天，现在最忙的时候涨到200元也很难找到人。"随着年轻人的离开，这里的人越来越少。"有时候突然发生意外情况，想找人帮忙都很难。"

2021年9月份，小仲从沙漠出来时出了车祸，第二节颈椎骨裂开，脖子动不了，在医院躺了一个月。那段时间，小仲每天都很慌，没办法照看梭梭树，只能拜托曾叔帮忙。平日里，与他聊得最多的就是曾叔。曾叔成立的治沙造林公司，走林业产业化之路，想要实现从"防沙治沙"向"沙里淘金"转型。

2011年，曾叔在青土井承包沙漠种梭梭树，三年后，又在长势较好的梭梭林中嫁接肉苁蓉。如今，最早栽下的梭梭树已经两米多高，足以抵御风沙，明年开春，早期嫁接的肉苁蓉就会有收益。每年，曾叔都要雇200多人种树和养护，人工支出最少40多万，这也帮当地农民提高了收入。明年开采肉苁蓉，至少两个月的时间里他还需要100多人的劳动力。曾叔的成功，给摸索中前行的小仲许多信心。过去是与沙漠争土地，现在是向沙漠要效益。

在民勤的时代变迁中，与小仲和曾叔一样的治沙人，找到了新的轨迹，他们希望通过治沙改变家乡的境遇，打破既定命运。

治沙，不仅仅是民勤人自己的事

"民勤不固，四周皆危。"有专家说，一旦风力强劲，民勤的风沙，10个小时就能吹进北京。阻隔着腾格里沙漠和巴丹吉林沙漠"握手"的民勤，就是西北风沙线上的一座桥头堡。一旦"失守"，两大沙漠南下的速度必然加快，距离民勤几十公里的武威市也有可能在短时间被沙漠吞噬，河西走廊将被切断，兰州甚至整个华北地区的生态环境都将受到影响。

治沙，不仅仅是民勤人自己的事。为了让更多人看到民勤，关注治沙，不善言辞的小仲开通了快手账号，给大家介绍治沙日常。有很多粉丝私信他，要来民勤做治沙志愿者，还有家长要带着孩子来体验治沙人的艰辛。

2021年，深圳大学传播学院的40多名大学生，来民勤帮他种树浇水，这让小仲特别感动。回深圳后，这些大学生也一直在宣传民勤，还帮着销售蜜瓜。后来，深圳大学又来了6个研究生，和小仲一起压沙。他们说会向学校申请，每年都有学生来民勤实践。

家乡年轻人少，小仲和这些同龄人在一起，总有说不完的话。大多数时候，小仲都是独自一人。他的生活简单，也极其简朴。两年多，他没买过一件衣服，吃的东西，也是能凑合就凑合。作为一个1998年出生的年轻人，他的爱好只是听听振奋人心的歌曲。生活中的苦他

深圳大学传播学院的同学暑期实践，来民勤和小仲一起卖蜜瓜

都能熬，但沙漠里的夜又长又冷，很容易感到孤独。小仲经常会在夜晚喝点儿酒，微醺的时候，就在记事本上写下对自己说的话。

2022年2月7日，他在记事本上写道："我不想做一个只是说，而不做事的人。"2月15日，他写着："我觉得我的人生价值，就是永远待在这片沙土地。"最近一次，他写上了对自己的鼓励："我还年轻，对未来还充满希望，但愿早一点做出成绩，让父辈们过上幸福的生活。"小仲希望有更多人关注治沙，但他不再像刚毕业时那么莽撞。即使有人提出要来民勤治沙，他也会劝大家不要冲动，这里风沙很大，条件也很艰苦。

2007年，时任国务院总理温家宝来民勤考察时强调："决不能让民勤成为第二个罗布泊。"这句话，小仲记了很多年。"沙漠边缘的一切都不容易，坚持下去就是胜利。"他把种树治沙当成人生最重要的事。

夕阳下，空旷无垠的戈壁上，一棵棵梭梭树在随风摇动。小仲站在沙丘上望着远方，"未来，希望那些拼命走出家乡的人，都能心甘情愿地回来"。

撰文：小未

一场"瑜伽扶贫"实验

玉狗梁瑜伽书记
快手 ID：1333878390

玉狗梁村的驻村第一书记卢文震，大胆地提出了"瑜伽扶贫"的想法，意外给一个国家级贫困村带来了脱贫致富的希望。他让这个无人问津的村子变得沸腾，在机遇和挑战面前，卢文震选择坚定地走下去，剩下的交给时间。

2022年，刘畊宏的健身操火遍全网时，卢文震发现有些动作是玉狗梁村里的老人最熟练的。他把老人们"空手踢毽子"的视频发在快手上，视频中一群中老年农妇打着节拍轻快地跳起来，和时下最流行的健身操似乎只差播放一首《本草纲目》。然而，这是玉狗梁的老人们六年前就经常练的动作。

在玉狗梁走红之前，没人会把瑜伽、扶贫、老人三者联系在一起。但2016年来到这里开展扶贫工作的卢文震受村民在家中炕上盘腿而坐的启发，大胆地提出了"瑜伽扶贫"的想法。一字马、睡莲花、双腿绕头、头手倒立……如果不是亲眼看见，很难相信一群农村留守老人能轻松做出这些高难度动作。

村里老人练瑜伽的新闻很快被央视、新华网等媒体报道，甚至被《纽约时报》《环球邮报》等海外媒体关注。后来，这些视频被上传到快手，玉狗梁走红网络。一场乡村瑜伽风暴给这个国家级贫困村带来了脱贫致富的希望，也让它面临诸多质疑和挑战。困境中，驻村第一书记卢文震选择继续驻守，因为他相信时间，相信未来。

以下是卢文震的自述：

去驻村

2016年，提出"瑜伽扶贫"是我偶然"灵光乍现"，现在回想起来，也不知道当时哪儿来的勇气。

我是石家庄邮电职业技术学院的一名教师。2016年2月，我代表单位完成扶贫任务，被派到河北张家口市张北县两面井乡的玉狗梁村开展精准扶贫工作，兼任驻村第一书记。在此之前，我从未听过"玉狗梁"这个名字，网络上也搜不到太多关于"玉狗梁"的信息，我只知道它是国家级贫困村。但没想到，这里贫穷的程度超乎我的想象。

第一次走进村子，见不到一辆私家车，也没有商店和饭馆，只有中午才能见到三三两两蹲在门口晒太阳的老人。年轻人外出打工了，留下来的大多是60岁以上的空巢老人，他们中一小部分有劳动能力的以在家养点牛羊和种地为生，勉强维持温饱。

2月份的玉狗梁冷得刺骨钻心。这里处于坝上高寒区，离内蒙古就差十几公里，而离我的家乡河北省巨鹿县却有几百公里。到了4月，这里的田地仍覆盖着白雪。等雪融化了，庄稼也没有盼头。当地能种的经济作物很有限，主要以莜麦和土豆为主，一年一熟，且单亩产量有限，十年九年半旱，收成完全靠天。

我原本的工作和生活跟扶贫完全不搭边，看到玉狗梁的景象后，更是不知道从何入手。刚开始我愁得睡不着觉，天天串门，想听听村民们的想法。走访得知，老人们最渴望打井浇地，只要有灌溉水，就能通过种地脱贫。但他们不知道，这不符合国家政策。张家口地区是首都的一道天然生态屏障，玉狗梁处在生态涵养区，近年来地下水位降得厉害，政策不允许再打水井。

我们又想到了畜牧业，但老人家没能力把牛羊运出农村，只能卖给二道贩子。一只六七十斤重的羊才卖300多块钱，没有议价能力，不划算，甚至还赔钱。村民偶尔卖点牛羊补贴家用，逢年过节时再宰杀一些改善伙食，很难规模化养殖。也有妇女向我提议做手工，刺绣、编织之类的，于是我们去找厂商谈合作、签协议，后来发现老人们大多视力不好，干不好这些细活。

一筹莫展之际，我在一次走访中无意间注意到这里

靳秀英夫妇装完莜麦秸秆后，做瑜伽活动身体（摄影：赵占南）

的村民家中都还保留着传统的火炕，上炕就得盘腿坐着，村民们习惯称之为"盘火炕"，盘腿的姿势让我想到了瑜伽中好像有一个专门练习盘腿的动作，俗称"双盘"。没有学过瑜伽的我，就用手比画着让老人尝试"双盘"，没想到他们轻而易举就完成了。我突发奇想，那么多人都是"因病致贫"，如果能把老人组织起来锻炼锻炼身体，他们身体好了就可以少生病，少花钱，也能增添劳动力，这或许是一条健康扶贫的新路子。但问题是，村民根本不知道什么是瑜伽，靠练瑜伽脱贫致富的想法在他们眼里更像是一个笑话。村民们肯定不接受，更不能理解锻炼身体能和脱贫有什么关系。我很快便意识到，自己要在玉狗梁村做的事情以前从未有人做过，因此遇到的阻力完全超出预料——比如，刚在村里推广瑜伽不久，我就被举报了。

村民集训

刚开始，我挨家挨户上门介绍时经常被大家认为是来推销的。我向当时的村妇女主任靳秀英提出让她召集村民操练瑜伽时，她也不解："来扶贫，不给钱不给物，老农民哪有时间整这洋玩意儿？"靳秀英在这之前压根没听说过瑜伽，她向正在上高三的女儿咨询。女儿告诉她，瑜伽是城市流行的一种健身方式，鼓励她试试，靳秀英这才明白瑜伽不是什么"邪门歪道"。碍于村干部的面子，她劝说几个老姐妹和她一起去"应付"一下，"给新来的第一书记个面子，过几天肯定也就走了"。她召集了几个姐妹来听我解释瑜伽是什么，为什么要练瑜伽，结果大家议论纷纷："这是闹个甚嘞，这是来扶贫的？这不是折腾人玩儿嘛！"第二天，又只剩我和靳秀英两个人了。

为了吸引大家，我就自己掏钱买了100个瑜伽垫免费发给大家。听说要免费发东西，大家才过来参与。有人来了，我就发挥自己大学音乐专业的特长，结合中央音乐学院赵世民教授倡导的"歌唱养生"理念，专练肺活量，又把传统五禽戏里的部分动作简化，引入了四肢爬行。在训练中首先让大家练习"双盘"，然后根据大家的

玉狗梁的村民们边放牛边练习瑜伽（摄影：赵占南）

身体情况，逐步加入瑜伽的基础动作。

好不容易将大家组织起来练习，有些不练的人开始评头论足，把练瑜伽的人当成耍猴的围观。"要么是神经病，要么是入了什么教""一大把年纪的人，当街撅屁股猫腰的"……被旁人指指点点，加上刚开始训练时难免有肌肉酸痛，一些村民打起了退堂鼓。农村嘛，毕竟还是比较保守的，面子上容易过不去。我示范动物四肢爬行的姿势时，大家都捂着肚子在笑，还有人嘲讽："都这么大人了，还是大学老师，学什么不好，学狗爬？"大叔大爷也传起不守妇道的闲话，他们管练瑜伽的已婚妇女叫"老板子"。"一个老板子，整天在那撅屁股扭腰嘞，给谁看呐？把人都给丢尽呐！"在他们看来，瑜伽是城里人吃饱了没事干的消遣，扶贫干部领着农村人练这玩意儿就是"不务正业"。

恰巧碰上那年夏天雨水少，田地干旱，村里传来风言风语，说我们"撅着屁股练，冲撞了老天爷"。有人还想组织村民给土地庙烧香上供求雨，还有人到乡里举报我传播邪教，乡里专门派人来跟踪了解，跟了三天后才相信我们是真的在锻炼身体。

刚开始，村民以为我就是做做样子，待几天很快就会走了。没想到，我竟然连续两个多月都没有回家，每天早上一次、下午一次组织大家练习。两个月坚持下来，有些人开始从中尝到了甜头，身体的酸痛劲儿少了，腿脚比以前利索了，驼背很久的人也觉得腰比以前直多了，精神状态更好了，每天参加集体练习慢慢成为习惯。

为了鼓励大家，我当时还"画大饼"："说不定有一天咱还能走上中央电视台！"村民都觉得我在胡扯："中央电视台？别说央视了，你要上咱县里的电视台都不知道要花多少钱咧！"我笑了笑，说："没事，我就说说。"没多久，我的"玩笑话"竟应验了。

玉狗梁"走出去"

玉狗梁的"走红"，还得从我写"村歌"的事情说起。有一次，村里有位空巢老人生病了，被邻居发现后送进县城医院。我听闻后赶去探望，回来的路上我就在想，自己在这儿扶贫，领着大家锻炼身体，但我父母在千里之外的农村，他们也是老人，谁陪他们？他们生病了怎么办？就这样我边开车边想，把对父母的思念和在玉狗梁的感慨写了下来，于是有了那首村歌《有一个地方叫玉狗梁》。

歌词几乎一气呵成，尤其是副歌部分，每句歌词都有特别的含义。"花香惹人醉，羊儿也忘了归"说的是村里有个放羊的羊倌儿，边放羊边喝酒，喝醉了就在草

卢文震带领村民在春雪后集体练习瑜伽（摄影：赵占南）

地睡着了，等羊都回家了他人还没醒，这个事就成了老百姓的笑谈。我改了改，变成羊儿没回家，因为这里的景色特别好，蓝天草地，羊儿也忘了归。还有一句"风儿为我拂去疲惫，星星伴我甜蜜入睡"是我的亲身体验。那天晚上我坐在村边的草地上琢磨歌词，不知不觉就躺在地上睡着了。凌晨的凉风把我吹醒，我睁开眼，满天的繁星特别亮、特别低，似乎触手可及。

我把词曲给河北省交响乐团的老师发过去，很快他们就把歌的小样发来了。我拿去放给练瑜伽的老人听，希望能提高大家的积极性，没想到老人家听着听着，眼圈就红了。他们说，玉狗梁这个破地方啊，自己的孩子都不想留在这儿，怎么歌唱家唱出来，就觉得玉狗梁这么好呢！

为了将村歌和老人们练习瑜伽的信息传播出去，我注册了一个公众号，把歌曲和练瑜伽的照片上传。没多久，我就接到了一个陌生来电。刚开始，我见是010开头的固定电话，以为是电信诈骗。结果接听后传来一个女孩的声音："您好，我这边是国家体育总局社会体育指导中心……"我有点蒙地问道："您再说一遍？"原来，国家体育总局社会体育指导中心关注到了我在公众号发布的内容，他们正在着手规范全国的瑜伽行业，没想到在贫困的农村也出现了练习瑜伽的现象，而且还都是老人，又与扶贫工作有关，就打电话来了解情况。这极大鼓舞了我，我马上写了一个汇报材料。再后来，体育总局举办"最美体育人"评选活动，在中国瑜伽官网刊发文章《最美乡村瑜伽玉狗梁》，并称赞玉狗梁为"中国瑜伽第一村"。

这是玉狗梁"走出去"的一个关键转折点。

"声名大噪"

众多媒体陆续转发了这篇报道，河北电视台还派记者冒着雪专门前来村里实地考察。因为他们对关于玉狗梁的报道半信半疑，以为那些照片都是PS合成的，要来一探究竟。省电视台的记者第一次来村里，村民们非常高兴，展示瑜伽时表现得特别认真。电视台的人一看就说你们不用做了，我们信了，现在就邀请你们去参加一期节目。

几天后，我带着22位村民来到省电视台。栏目组问我，舞台站不下那么多人，咋整？我跟大伙解释，地方就这么大点，咱得理解配合一下。老人家都很谦让，说你让我们谁上就谁上。最终，15个人把舞台站得满满当当，我又请导演把没能上台、坐在观众席的村民都拍进去，这样大家都能在电视上看到自己。一周后节目正式播出，村里人都围在电视前一块儿看，他们从没想过自己还能出现在电视上。

2017年3月19日，中央电视台财经频道的记者第一次来到玉狗梁，村民们像过节一样早早地聚在村头夹道鼓掌欢迎，记者很感动，说他们去这么多农村采访过，还是第一次遇到这样的场面。一个月后，长达15分钟的节目在央视财经频道播出。一年后，纪录片《厉害了，我的国》里也出现了玉狗梁瑜伽老人们练习瑜伽的身影。

张家口当地的公益摄影家赵占南被老人们练习瑜伽的精气神打动，坚持在玉狗梁拍摄了六年，《乡村瑜伽》《玉狗梁》等摄影作品多次在国际和国内摄影大赛中获得大奖，摄影作品《瑜伽村》被中国共产党历史展览馆永久性地收藏，还吸引了电影《乌海》导演来玉狗梁取景拍摄。村子的影响力越来越大，不少国际媒体也纷纷深入报道玉狗梁。

但真正让玉狗梁"声名大噪"的是快手。传统媒体的报道让玉狗梁热闹了一阵，但如何脱贫始终是玉狗梁面临的最大、最难的问题。2019年春节，村里有个叫许彪的小伙子回家过年，惊讶地看到自己的爷爷奶奶瑜伽练得那么好，他做过电商直播，于是把奶奶武启莲练瑜伽的视频发在快手上，取名"玉狗梁瑜伽老太"。年近八十的老太在炕头做各种难度动作毫无障碍，很快吸引了第一批关注者。仅几条视频，点击率就达到了几十万，两个多月涨粉十几万，武启莲奶奶成了村里的第一个"网红"。目睹了短视频神奇的传播效果，妇女主任靳秀英也开通了一个短视频平台账号，直播老人们集体练习瑜伽的视频，涨粉也很快。疫情防控期间不让聚集，我就挨家挨户教大家注册账号。目前村里的老人几乎人人都有短视频账号，他们不仅可以分享自己练瑜伽的画面，还可以记录自己的生活。为了将疫情期间老人们在家坚持练习瑜伽的画面传播出去，鼓励更多老人像玉狗梁的留守老人一样关注自己的身体健康，我就注册了"玉狗梁瑜伽书记"这个号，长期宣传瑜伽村。短视频为玉狗梁带来了巨大的流量，村子的曝光度飙升，也为脱贫带来更多可能性。

质疑的声音

玉狗梁确实小小红了一把,但也少不了受到一些网友的质疑。有不少人觉得瑜伽应该是优雅的,跟这些老人的气质不相称,玉狗梁的瑜伽不过是另一种"广场舞",根本就不是瑜伽;有人质疑村民是为了博眼球强扭造型,都是在炒作;也有人觉得老人把瑜伽练得再好也没有啥前途;还有人对老人的安全表示担忧等等,说什么的都有。

但很多人不知道的是,从最初的歌唱养生,到动物爬行姿势,再到引入国家体育总局制定的《健身瑜伽体位标准》规范练习,村民们练瑜伽已经有八个年头了。我还去参加了专业的瑜伽培训班,拿到了健身瑜伽国家级教练证书和国家一级裁判员资格证书,并把村民生活中的日常动作编排进去,开发了一些适合老人身体情况的新动作,还设计了专门针对体力劳动者在劳累一天后快速解除疲劳的体式。几年下来,老人们的身体和精神面貌发生了很大变化。很多人都说,是瑜伽改变了玉狗梁。

96岁的张荣花老人虽然不能跟大家一起练瑜伽,但自己在炕上做起"双盘"来也非常容易;87岁的张全录、88岁的高士娥还能做瑜伽的"秋千";88岁的常淑美不仅天天跟大家练瑜伽,还每天晚上7点直播自己唱红歌,一唱就是一个多小时……在玉狗梁的八年里,我见证了瑜伽给老百姓身体健康和生活带来的变化。武启莲老人虽然不会讲普通话，只能对镜头笑笑，但她上线的瑜伽课程已经有700多人购买；靳秀英在快手做直播后，带货销售玉狗梁的藜麦和当地的特色农产品，现在已经是一个非常专业的主播了。

瑜伽给村民带来的最重要的改变还是在精神层面。以前，村里的老人闲暇时就打麻将拉家常，生活的重心就是家长里短。我来之前，这里连无线网都没有，有些人活了大半辈子都不曾离开过玉狗梁。武启莲老人便是典型的一位，出远门怕自己找不到回来的路。然而，因为村里的瑜伽队被邀请，她多次参加电视台的节目录制，还到北京、南京、长沙等地表演，老人家第一次坐飞机时，出发前夜整宿都没睡着，上了飞机也不想休息，紧紧盯着窗外，想着会不会从天上掉下去。

69岁的张喜英练瑜伽八年多，最难的劈叉也不在话下。她多次去电视台录过节目，我带凤凰卫视的记者去探访她，大婶还向记者"炫耀"："你说我们去湖南卫视录制节目的时候，得坐飞机！飞机票（单程）790，要不是练瑜伽，我怎么舍得花这钱嘛？我要是叫我姑娘带我去旅游，人家姑娘还觉得我是负担。现在呢，我既不依靠女儿，也不依靠老汉，我自己因为练瑜伽，自豪地到了湖南卫视，我站在那个前头，看这个大舞台，哎呀，那真是心宽。"

"被看见的力量"打破了村民封闭的生活圈。2018年，我们创办了玉狗梁首届农民瑜伽运动；2022年冬奥会前，举办了玉狗梁首届"乡村冰壶比赛"，乡亲们拿出自家的水壶、炒勺、小笼屉等当冰壶，别有一番乐趣。值得一提的是，玉狗梁瑜伽队还受邀参加北京冬奥会火炬传递的现场表演。张喜英欣喜地说："以前哪能想象去参与冬奥会，不知道这是干啥的，现在我就不一样了，冬奥会啊，火炬传递啊，我心里想的可多了。"

相互守望

按理说，玉狗梁被那么多媒体报道，又被拍成电影《欢迎来到瑜伽村》，瑜伽队参与了冬奥会……各种活动热热闹闹，也有很多社会资本想进来，把这个村子做起来，和它的知名度相匹配。我的设想是，这里可以发展休闲旅游、避暑康养、异地养老等项目，因为已经有健身瑜伽的基因，只要把基础配套设施做起来，就能吸引游客。把商业带过来，才能真正让村民因瑜伽而富起来。虽然看似风光，玉狗梁似乎也已经有了一定的知名度，但其实这几年来还没有真正的商业项目在村里落地。或者说，目前玉狗梁的处境有些尴尬，既未被列入当地的重点建设村庄或网红村庄范围，也没有明确的打造网红村的相关扶持政策，来考察的企业家、投资者只能遗憾而归。

其实早在2017年年底，第一轮扶贫任务就已经完成了，我也该撤退了。但村民不想让我走，他们联名给乡里请愿，又给我的单位打电话。当时玉狗梁刚打出知名度，我觉得我还有很多事情没做完，就爽快答应了。

2020年2月，河北最后一批贫困县全部脱贫摘帽，意味着玉狗梁也正式脱贫了。此时，我已经在玉狗梁走过了1480多个日夜。在那之前，我还蓄过一把山羊须，蓄须以明志——我说过，玉狗梁不脱贫，我就不刮掉。

脱贫了，我想我也该回去了。但省里的政策只能允许工作队的三人中调整一人，玉狗梁的瑜伽扶贫又具有

王占美给村民展示瑜伽弓式（摄影：赵占南）

特殊性，我的单位也希望我留下来。我跟我爱人商量，她不想打击我的积极性，说那你去吧。后来我才知道，她曾偷偷跑到天津去寻求她的心理学导师的帮助，而她本身就是学校的兼职心理咨询老师，这让我倍感心酸。我也不断问自己，这一切值得吗？2021年暑假，她第一次来到让我放不下的玉狗梁，村里老人拉着她的手说："你受委屈了。"她眼里含着泪花笑了。

2021年，国家体育总局社会体育指导中心正式为玉狗梁颁发"中国健身瑜伽示范村"荣誉奖牌。虽然国家出台了许多乡村振兴的利好政策，但玉狗梁迟迟没有出现在重点建设的乡村名单内。我心里着急啊，也就是那段时间，我的头发突然间全花白了。一位朋友因此劝我，你驻村这么多年了，见好就收吧，别人驻村扶贫是工作，你却当成事业来做，这本身就不容易。我当时就想，要做成一件事确实很难，尤其是我做的这件事别人没有做过。

虽然有些遗憾，但我并没有失去信心。健康越来越被大家重视，国家对农村的政策也越来越好。玉狗梁近年的变化已经吸引一批年轻人返乡创业，新一届村委会的平均年龄不到50岁，他们都是玉狗梁的希望。

如今，在新任妇女主任孙俊仙的带领下，无论刮风还是下雪，老人们每天坚持到村委锻炼，健身瑜伽已经成为他们生活的日常，融入他们的精神世界里。也许有一天，玉狗梁村的流量会慢慢退去，但瑜伽精神会在这里得到更久远的流传。而我呢，就像有人曾对我说的：做自己力所能及的事，剩下的，交给时间吧。

撰文：张先森

皮影守业人：
"我是第四代传承人，但我找不到第五代了"

魏宗富，道情皮影传承人
快手 ID：835521006

魏宗富从小就对皮影情有独钟，14岁学艺，16岁成为兴盛班班主。一眨眼四十多年过去了，时代巨变，他依然坚守着这项古老的非遗艺术，希望为它找到更多观众。择一事，终一生。作为环县道情皮影第四代传承人，魏宗富和皮影的故事还在继续。

2022年1月1日清晨，阳光穿破云层，洒落在甘肃省庆阳市环县丁杨渠子村。连绵起伏的大山包裹着空寂的村庄，泛着白雾的寒气笼罩在上空，几缕炊烟袅袅升起，缭绕出人间气息。

6点59分，魏宗富随意套上一件蓝色旧毛衣，睡眼惺忪地打开快手，开始了新年第一播。美颜磨皮功能让他看上去白得不太真实，但额头依然清晰可见六道深深的皱纹。比起如今已经人烟稀少的村子，仅有56个人的直播间似乎更显热闹。他的粉丝好像都听得懂甘肃方言，纷纷在公屏上问好，对他说着新一年的祝福。47分钟后，魏宗富便匆忙下播，带着戏班赶往平凉市。他要参加一个楼盘销售活动，连演三天皮影戏。疫情之后，演出机会不多，他答应粉丝直播演出现场。

现实中的魏宗富清瘦黝黑，看起来与普通庄稼汉并没有什么不同，尤其是那双粗糙、布满老茧的手。但村里人知道，魏宗富和他们不一样：他参演过纪录片《大河唱》，受邀出国交流演出过，接受过多家媒体采访，在快手拥有数十万粉丝……这些光环背后承载着他的另一个身份——环县道情皮影第四代传承人。

生活在黄土高原的他，大半辈子羁绊在皮影里。在时代浪潮冲击下，皮影戏从枝繁叶茂到枝疏根稀，但在生存压力与对皮影戏的深厚情感之间，和他一样的皮影艺人还是艰难地选择了后者，以守业人的姿态，挺立在西北大地。然而，面对皮影戏后继无人的光景，他也只能感叹难以完成皮影世家传承的使命。

以下是魏宗富的自述：

"放了两年羊，爷爷才教我演皮影"

咱这农村都说虚岁，过了阳历年，我就57岁了。从12岁动了学皮影的心思，到14岁正式开始学艺，我跟皮影戏纠缠了四十多年。

一块空场地、一口木箱、一块白色幕布，就是一台皮影戏。道情是源自古代的道教音乐，与皮影结合，加上具有地域特色的唱腔，就有了环县道情皮影。

皮影戏《卖道袍》是我太爷爷魏国诚传下来的，兴盛班是我太爷爷创立的老班子，往前追溯也有一百多年了。太爷爷魏国诚是清末道情皮影大师解长春的四大弟子之一。我爷爷叫魏元寿，也是皮影艺人，过去环县每100个皮影艺人中有70个都是我太爷爷和爷爷的徒弟。

我还没出娘胎，我的父亲就因为一场意外去世了，母亲嫁给了一个远房亲戚，我和两个哥哥是爷爷奶奶带着长大的。我第一次看皮影戏，是六七岁的时候。当时演的是《大闹天宫》，人太多，看不见幕后，只能看见孙悟空、猪八戒、唐僧动来动去，特别有意思。看了两三场，才知道是爷爷在幕后操作，那感觉，美得嘞，喜欢得不得了。

我9岁上一年级，该上三年级时就不想去了，想跟爷爷学皮影戏，日思夜想。那时候皮影还兴盛，爷爷的戏班也很知名，邀请他演出的台口特别多。可他说啥都

荧幕前的皮影戏展示成果

不让我学,认为这个行当太累了,前途渺茫,让我好好念书,长大当官,不要和这个行当打交道。我那时候小,爷爷说的话一句也听不进去。爷爷常年在外面演出,一年四季都不间断。他不在,我就逃学。老师来告状,说你们孙子不上学,爷爷回来就拿棍子追着打我,一棍子打在屁股上,疼死了。我抱着书包就往山沟沟里跑,躲一会儿,再偷偷溜回来。实在没办法,爷爷就买了几只羊,让我放羊,其实就是逼着我回去念书。每次去放羊,我都背上水壶和唢呐,羊在旁边吃草,我就靠在树旁吹唢呐。附近参加庙会的人问,山里哪个娃娃在吹唢呐啊?有人说,那是魏元寿的孙子。他们就说,这小子,一定能成为好艺人。

12岁开始放羊,一直放到14岁,我也没妥协。奶奶就跟爷爷说，不要再让他放羊了，让他学门手艺吧。爷爷实在拗不过我，终于同意了。我们老家那时候穷，14岁之前的记忆都是饿肚子。9岁上学那会儿，放学回家只能吃剩饭。当时想学皮影，还有一个原因，就是想吃饱饭。

学戏的过程不记得了，就记得总挨打。村里的老人现在还说，那时候你爷爷打你，我们看着都害怕。有一次打得最狠，把戏都打停了。那时唱戏，一场要唱五六个小时。我坐在板凳上打锣，15岁的娃娃嘛，太累了，迷迷糊糊睡着了，爷爷就拿渔鼓和简板打我。冬天我穿着大棉袄，爷爷直接把我打倒在地上，棉袄都打掉了，观众都拉不住。那天看戏的女娃娃特别多，我就很害羞，脸都臊红了。疼不疼不知道，就害怕爷爷对我失望，不让我学了，把我赶回去。

我学皮影的时候，两个哥哥已经结婚了，为了养家，也因为不想四处奔波，就都放弃皮影，回家种地了。爷爷看我是真的热爱，就想把我带出来。从渔鼓、简板、甩梆、四弦、竹笛到背戏文，一直学到前台。学艺的过程是真的苦，也特别枯燥，但我还是硬撑下来了。

后来戏班缺人，爷爷就让我上前台。"前台"是戏班的核心，一个人既要演唱、道白、挑线，还要指挥后台。我的嗓音粗犷，声音透着沧桑，表现伤音的时候也挺突出，演了几次，爷爷就决定让我带一个班子。那时候爷爷给我准备两个大箱子——一个装皮影，叫线箱；一个装乐器，叫角箱。走到山口时，他带着几个人去左边的村，我带着几个人去右边的村。16岁，我成了兴盛班班主。

"第一次出国演出，太光荣了"

那时候，去村里演出就是在窑洞里唱戏。吃完饭，各家各户就拎着小马扎，早早来窑洞占位，生怕来晚了没地方。唱完一本戏要到天亮，阳光照进窑洞，观众才尽兴离开。

皮影戏辉煌的时候，一场观众至少两三百人。那时候连自行车都没有，很多观众都是走十几里路来看戏。人最多的时候，一场能到四五百人。村子人少，感觉各个村的人都来了。每次演出时间都很长，但我一点也不觉得累。那么多人喜欢皮影戏，感觉还挺自豪的，特带劲儿，发挥得也好。以前的观众都很懂皮影戏，一旦唱错了或者把人物搞错了，他们马上纠正出来。那会儿看皮影戏还挺时髦的，但就算再火，也只是火在家门口。我爷爷做梦也想不到，有一天，皮影戏能演到国外，他的孙子也得到了官方认可。

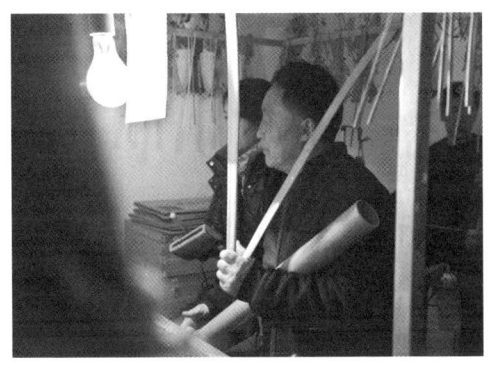

窑洞里的皮影戏

2003年，我正式成为环县道情皮影艺术家协会会员。开完会，环县文化局专门请皮影艺人在饭店吃了一顿饭。回村就有人问我，你干什么去了？我说去开会，领导跟我们一起会餐，还发了纪念品。村里人就说，哎呀，你看这演皮影的不简单啊！

2006年，道情皮影被列入首批国家级非物质文化遗产保护名录，皮影艺人地位更高了，走出去也更受尊重。我们兴盛班唱本戏有60多本，《韩湘子卖道袍》《六合图》《福寿图》这几出戏都经久不衰。环县经常组织会演、比赛，我们也拿过好几次大奖。环县政府一年给皮影传承人发400块钱。第一次拿钱时，我高兴得不敢想象。咱也没读过书，就是一个普通农民、唱皮影戏的，政府还给咱发钱。有人说钱太少，我不觉得少，一分钱也是政府的心意，这是一种鼓励，是政府重视皮影艺人，是看得起咱们。

因为皮影戏，我还认识了音乐人苏阳。2008年元宵节，十几个皮影戏班在环县县委门口轮流表演，我演的是兴盛班的拿手好戏《韩湘子卖道袍》，被苏阳看到了，这让我有机会参与他主创的音乐纪录片《大河唱》的拍摄。拍《大河唱》时，我们戏班子受邀去上海演出。那天晚上，我站在黄浦江边很感慨，要不是皮影，哪个有机会来上海嘛！后来，我又参加了北京传统音乐节，在北京音乐厅清唱了道情皮影戏《卖道袍》。

2011年10月，我还去了澳大利亚，受邀参加悉尼市政府举办的文化交流活动。环县文化馆馆长王生亮带队，一共七个皮影艺人在悉尼的海关大楼演出，我负责前台。人生第一次出国演皮影戏，简直太光荣了。政府给我们买了西服和包。那领带一扎，特别精神。我还花了220块钱买了一双红皮鞋，太贵了，还是借的钱。第一次坐飞机，高兴得姓什么都不知道了。没想到，演皮影还把我带出国了。从我太爷爷开始，再到爷爷、父亲，我是第四代皮影传承人，我在家族里不是演得最好的，可我赶上了好时代，享受到了皮影带来的荣光。从来也没想过，皮影戏能让我的人生这么精彩。

"不能在我这一代断了命脉"

我们这里的皮影艺人大多还是以务农为主。种地就是靠天吃饭，像2021年连续三个月没下雨，庄稼直接绝收了。我家有30亩地，2021年种的是玉米。咱这土壤不好，种地产量也不高，就拿玉米来说，天不旱的话，一亩地也就产1000斤，或者是七八百斤，但人家土壤好的地方，一亩地玉米能产1500斤。

1991年，我结婚了。一年之后却发现，皮影戏的台口不如以前了，看戏的人越来越少。娱乐的方式越来越多，乡村的集体生活也少了，人们变得不太重视这些古老的传统艺术。1996年之后，我实在有点坚持不下去了。家里三个孩子的出生因计划生育罚款了，罚款数字大得都能把人吓晕，三万的、五万的，年年交罚款，交了好多年。没有演出，心里发慌。村里年轻人都出去打工了，赚得还挺多，我也想过要不放弃皮影戏，也出去打工吧。可老一辈人把皮影戏放到咱手里，等于把"命根子"给你了，这要是在我手上没了，是要遭唾骂的。

小时候，爷爷总跟我说，皮影是个好东西，是抬举人、教化人的东西，也是个养家糊口的东西，千方百计也要传承下去。可爷爷不知道，皮影戏也会没落啊。我也没办法，三个孩子等着我吃饭呢，没有演出收入，我只好去给人家打零工、干农活，一天赚个几十块钱。但

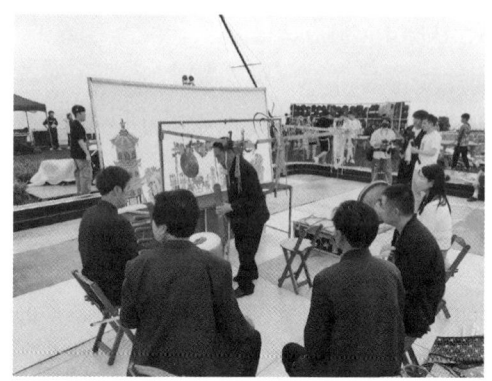
在重庆演出皮影戏

是,我就放弃了吗?我放不下,去打工也带着乐器,闲暇时给农民工朋友表演,或者清唱一曲过过瘾,特别开心。

最近几年,看皮影的人更少了,一场演出的观众就二三十人,大型活动也就100多人去看。观众大多是60后或者50后,年轻的只有几个,他们也看不太懂,就是凑个热闹。过去演一场戏,最少5个小时,现在演一场也就一个小时,时间太长,观众就坐不住了。

我三个孩子也不大喜欢皮影戏。两个女儿都结婚了。大女儿在环县皮影公司干过一段时间,后来因为要照顾孩子就辞职了,现在在保险公司上班。二女儿在饭店做服务员,一个月也就2000多块钱。儿子大学毕业后,在江苏淮安的一个公司上班,是项目副经理,一个月能赚四五千元。学戏太苦了，又不赚钱，我和老婆也不希望儿子再回丁杨渠子村。

我陆续收了四五个徒弟，都是因为赚得少，他们就放弃了。我也能理解，喜欢归喜欢，但学一门技艺还是得先解决生存问题啊！环县文化局对"收徒弟"的皮影艺人给奖励——收一个徒弟，政府给师傅和徒弟各奖励一万元。可我现在一个徒弟也没有，只有一些爱好者没事跟我一起玩玩。虽然他们都很喜欢，但演皮影戏没办法养家糊口，很多戏班都招不到徒弟。

环县登记的传承人大概300多位，现在真正能演出的可能不到100人。有的去外地了，还有不少人因为收入少放弃了，自然死亡的也比较多，我们这些传承人都快成"活化石"了。等我们这批传承人都去世了，这个东西就被带进墓里了，消失了，灭亡了。尤其我们魏家四代传承的兴盛班，马上就要断脉了，失传了。一想起来，我就心急如焚，晚上睡不着觉，终日想也想不出更好的办法。

"太幸运了,我又找到一个新舞台"

2018年,算是我人生的一个转折点。在皮影戏没落的时候,我又找到了一个"新舞台"。

拍摄《大河唱》的时候,总有媒体记者采访我,要加我微信。可我当时用的手机就200块钱买的,没有上网功能。儿子攒钱给我买了一个智能手机,我也不知道啥牌子,他说是红苹果,哄我说很便宜,知道我心疼钱。那段时间演出少,我很郁闷,女儿给我下载了快手,让我在网上直播,教了我10多天。

一开始我不喜欢,也学不会,演着演着,竟然上瘾了。差不多每天晚上8点都会直播,唱折子戏,有时候会唱两折——一折《卖道袍》,一折《十上香》。我老婆跟我一起唱,因为皮影唱腔需要女声,也找不到合适的人,她就跟着我学了,算是对我的一种支持。每次直播都有两三百人观看,有皮影戏现场演出的时候,能达到1000多人,这可比现场观众多出几十倍。我还跟着《大河唱》的导演杨植淳学会了制作短视频,加字幕。

山里信号不好,一阵一阵地卡,得用Wi-Fi信号放大器,用手机流量直播时信号也经常出问题。有时候两分钟的视频,要上传10多分钟,但我还是坚持更新。很多人通过短视频平台认识我,通过我的视频喜欢上了环县道情皮影,粉丝从一开始的几个人、几十人,一直涨到

魏宗富因为皮影戏接受快手平台的访谈

现在22万人。2020年,女高音歌唱家于文华老师主动跟我连线,因为我的网不好,人家连了我5次。电视台主持人方琼老师也跟我连过线。她们都是因为皮影戏而关注我,我很激动,也很高兴。

以前我们都是在环县演出,大多是庙会或者请愿戏。现在通过互联网,我还获得了去北京、新疆、四川等地演出的机会,吃住行对方全包,一场演出的收入就有五六千元,有的甚至可以高达8000元。这个演出费也是我以前不敢想象的。很早以前,我在村里演一场皮影戏,收费18元,慢慢价格涨到25元,再后来涨到800—1000元,现在演一场差不多是1200元了。以前演出就靠步行,道具就用驴子驮,稍远一点的地方就去不了。后来买了机动三轮车驮道具,戏班子其他成员骑摩托。现在有了汽车，去平凉也就几个小时。

但现在我的演出舞台不限于环县或者甘肃省了。2019年，我去河北广播电视台做节目。2020年，参加了央视春晚纪录片的拍摄。2021年，接受了《中国青年报》、北京报社等多家媒体采访。我把这些经历都整理出来，A4纸写了满满三大页。以前我不太会写字，后来抄戏文抄了40多本，每本都是3万字，字也写得顺溜了。

小时候，爷爷总跟我说，皮影这个东西能给你带来好处，你把真本事学下，总有出头露脸的一天。当时年纪小，听这话有点烦，也不认可。这些年的经历才让我意识到，爷爷早把皮影的价值看透了。

很多粉丝给我私信，说看见我的皮影戏就特别想家，想念家里的老父亲，他们说这个乡音味儿正。还有很多人想来找我，要跟我学皮影。也有人说，皮影几十年没变，看久了觉得乏味，这些传统的东西也得跟住时代潮流。只要是关注皮影戏，说啥我都愿意听。

祖先传下来的清代皮影箱我一直小心翼翼地收藏着，寻找传承人的事也不敢耽搁，兴许通过网络，就能找到真正喜欢皮影戏的人。择一事，终一生！反正我这辈子是放不下皮影戏了。

撰文：小未

活法篇

在逆势中,活出自己的人生

西安零点后，
那些不敢停歇的人

说出你的故事~阿斌
快手ID：652361285

和陌生人聊天，偷偷拍下他们工作的样子，再用随身携带的打印机打印一张照片，装在相框里送给对方，这就是田斌的工作。他见证过很多个零点后的城市，也目睹过许多流离失所，许多人间清欢，许多万家灯火。在他看来，"日复一日中，只有生活长青，时间会给生活答案。"

2021年上半年，田斌突然收到一个惊喜：他的事迹被很多地方的高考模拟试卷当成作文题。此前，田斌在西安的各个角落拍摄一线劳动者的工作照，并将照片打印出来装进相框送给被拍摄者。他将拍摄过程拍成短视频传到快手上，获得了大量关注。随后，"衡水名师卷"将他的事迹为作文题阅读材料，要求学生围绕"劳动者"的主题写一篇演讲稿。

看到自己做的事情得到肯定，田斌备受鼓舞。而对于拍过的"劳动者"，他最大的感触是，没有谁的生活是容易的，"每个拼搏的平凡人身上，都有一束光"。

在田斌的快手账号上，记录了300多个街头"劳动者"的故事：有立志要成为"首富"的煎饼哥；有走街串巷卖鸡蛋的盲人大叔；有在红绿灯前指挥交通的老奶奶；有创业失败后深夜跑网约车的女孩……田斌的镜头里，没有宏大叙事，没有虚构摆拍，只有真实的人物、真实的故事、真实的生活。

他经常收到的一条留言是：又是一个让我热泪盈眶的故事。

西安零点后

西安的夜晚对田斌来说有一种魔力。夜渐深，城市逐渐安静下来，人心似乎也在此时变得柔软，更容易打开心扉。田斌会在这时候走上街头，跟路上遇到的人打招呼，喊一声"叔""姨"或者"大爷"，问问对方在干啥，多大年纪，身体可好……和陌生人聊天，偷偷拍下他们工作的样子，再用随身携带的打印机将照片打印出来，装在相框里送给对方，这就是田斌的工作。

出租车司机是田斌最常拍的群体之一，也是西安深夜最活跃的人群之一。零点后的西安，无数人已归家，但浓浓的夜色里，出租车司机正在出发。漫漫长夜，他们向田斌倾诉自己的故事聊以解闷，而他们的故事通常以"想当年"开始，到"实在没办法了才干这行"终结。

蹲在路边歇息的中年男人，创业失败负债百万，跑网约车还债每天只吃一顿饭；深夜仍在跑车的年轻女孩，生意失败后身边的朋友走光了，为了还债，一天跑十几个小时。她告诉田斌什么叫世态炎凉：当你落魄了，亲戚看不起你，朋友也会离开你。

每一个深夜跑车的人，都有一个关于"家庭顶梁柱"的故事。田斌和一个53岁的师傅聊天，他每拉一个乘客后就打开手机，通过监控看一下家里智力障碍的女儿，二十年如一日。女儿一岁半时才被诊断为智力障碍，妻子知道后离家出走，他再没给女儿找后妈，"怕给人家添麻烦"。

这些"家庭顶梁柱"不是没有情绪，而是习惯把情绪藏起来，一个人默默扛下所有。2021年大年初一，田斌拍过一个送餐至凌晨的外卖小哥，对方愿意在这个时间出来送外卖只因为春节期间平台有更多奖励。田斌给一位女骑手送上一杯奶茶，女孩从晚上八点跑到了早上八点，累得在店里扶桌睡着了。他们是骑手这一群体的缩影，他们中很多人的工作时间超过12个小时，常常与危险打交道，缺乏保障。

家里有智障女儿的出租车司机

西安"封城"时，田斌经常溜到空荡荡的大街上，捕捉这群"深夜摆渡人"。疫情防控期间，外卖骑手和网约车司机激增，他们大多数来自制造业、服务业，为养家糊口加入这个行列。隔离的日子里，他们扮演了不可或缺的角色，构成这座城市的血脉，为不能出门的市民送上生活必需品。

和他们聊多了，田斌发现，大多数普通人在深夜的故事都围绕"买房"展开，每一个夜行者都有夜行的苦衷。田斌拍过一个零点仍在马路上加班的60岁建筑工人，问他为什么这么晚还不休息，工人大叔反问："娃都没成家买房，怎么休息？"和这位工人一样，田斌得到关于深夜的回答，大多类似"等儿子把媳妇娶了，我的任务就完成了"，"没办法，想攒个首付"。

白天地表温度实在太高，这些室外工人只能晚上干活，被迫过上黑白颠倒的作息。下午六点至半夜两点，他们被输送到有待建设开发的区域，干的都是苦力活。一天下来，工资通常只有100元，也没有高温补贴一说，若是偶尔加班，会另外给加班费，但那意味着要干一个通宵。

这些普通劳动者，也在努力构建和这座城市的关系。他们是城市的建造者，却未必在这里有一席之地。建筑工人会指着写字楼跟他说，哪里的房子是他们参与建造的；环卫司机会自豪地告诉他，哪里的垃圾是他清运的；

凌晨在马路加班的工人　　　　　洗碗工阿姨

洗碗工阿姨会跟他诉说自己的梦想,"儿子还要在西安买房,我感觉太吃力了,我得帮帮他"。

时隔已久,田斌依然对这位洗碗工阿姨印象深刻。那天晚上,阿姨就坐在街边的花坛望着远处发呆,旁边放了一袋馒头。她在西安做了七八年洗碗工,儿子还没结婚,想赚钱帮儿子在西安买房。她伸出双手,皮肤皲裂,满手脱皮,"抹点药就好了,给我找三份工作都可以,我闲不住"。

田斌见证过西安很多个深夜,也收获了很多感想。

在夜晚，他看到了这座千万人口的城市不一样的一面。但每个夜晚，对西安来说又都是很普通的夜晚。每一个零点后的西安，田斌都会看见蔬菜摊的老夫妻开始忙碌，看见骑手在社区间穿行奔走，看见环卫工走上清冷的街头，看见饭局上应酬的人拖着疲惫的身躯打车回家……每一个人都在努力融入它、拥抱它，努力在这里站稳脚跟。

你好，陌生人

和他的拍摄对象一样，田斌也是努力在西安站稳脚跟的一员。

2016年年底，西安的房价大涨，刚结婚的田斌不得不放弃买房的念头，拿出仅有的几万块存款买了辆车，日子过得紧巴巴。2020年10月，刚过完30岁生日的田斌，离职后决定不再找工作了，自己拍短视频。

在那之前，田斌曾辗转几家拍短视频的公司工作，做得并不顺心。"都说三十而立，我却还在上班，想法在公司也不能实现。"因此，他想"算了，不找工作了，我自己干"。

田斌平时喜欢刷快手，想着自己也能拍。没有演员和剧组，他就把镜头聚焦在大街上的普通人，每天在街上候着，像"做贼"一样左顾右盼，用镜头寻找"有故事"的陌生人。田斌给陌生人递上相片，有人以为他是骗子，搞推销的；有人想给他掏钱，他当然不会要；更多人第一反应是惊讶，继而是惊喜，因为这可能是他们第一张真正意义上的"工作照"。看到工作时的自己，有人感动，有人辛酸，有人突然泪崩。

2021年3月的一天晚上，田斌拍到一位环卫阿姨，她盯着自己的照片，突然泪流满面。田斌也急了，说阿姨你咋哭了，你别哭啊。阿姨说，就感觉自己没用，有时

想把照片留给女儿的环卫工

候气得流眼泪。这条视频,在快手上收获上百万点赞。环卫阿姨对田斌说,要把相片拿回去给孩子留着,留个纪念,"今生今世这张照片,我一定要留下,留到老,我以后死了,娃还能看这相片"。

阿姨的话给田斌很大触动,她的语气里,"死亡"是理所当然的,人总会去世,去世了总会留下一张照片。有时候,田斌会刻意避开生老病死的沉重话题,但他发现,很多老人的心态比他想象的好很多,他们并不避讳谈论生老病死,将田斌送的相片视为珍贵的礼物。很多老人没有智能手机,甚至连老人机也没有,一张能拿在手上的相片对他们来说是奢侈的。田斌订婚那天,老家的三爷来西安旅游,他带三爷在西安转了一天,在钟鼓楼和大雁塔拍了照。回去以后,怕照片放在外面落了灰,三爷把这些照片锁在箱子里,别人要看,就拿出来,看完再放回去。

这些经历对田斌的创作产生了重要影响,回到西安,他决定把给老人拍照这件事坚持做下去。老人们往往对田斌表现出极大的热情,愿意将自己的人生向他娓娓道来,他则做一名忠实的听众。他发现很多老人的心态很好,年轻人把幸福解读为"有",有车有房,有钱有权;而在很多老人看来,幸福是"无",无忧无虑,无病无灾。

一天,田斌拍到一个在街上挂着拐杖捡瓶子的90岁老人。他带她吃了一碗面,老人看着自己的照片,对镜头咧着嘴,哭着说了两个字:"没牙。"还有一个卖了三十四年绿豆糕的82岁老人,中气十足地对他说:"我这一辈子不听别人闲话,不看别人脸色,做一个堂堂正正的中国人。"

田斌觉得,看见和陪伴,最能传递情感,减少老年世界的孤独。他能做的,就是陪他们唠唠嗑,给他们拍张照并将相片装在相框里,郑重地送给他们。在老人漫长、孤独的时光里,一张来自陌生人的照片,承载着外部世界的关注,会让他们有存在感,觉得自己被看见了。

过去两年,田斌几乎每天都游移在西安的大街小巷,只为拍出满意的照片,打开陌生人的心扉。但故事来得并不容易,有时候捕捉到好画面,却聊不出故事;有故事的,人家不见得愿意跟你聊;愿意跟你聊的,不一定同意把照片发到网上。有时走到三更半夜,腿脚发软,也不一定能拍到合适的。

但故事又是随时可能出现的。2021年的跨年夜,凌晨1点,田斌在街上转了半天,一无所获。零下十几度的深夜,路面结了冰,回到楼下停车时,田斌在家门口遇到了一个刚从泾阳代驾回来的女司机,便上前打招呼。交谈中,得知她白天是幼儿园老师,晚上做代驾挣钱补贴家用,"生活所逼,现在大家都不容易嘛"。聊到现状,她并没有抱怨生活,笑着说:"送客户的时候还能在车里吹空调，暖和呢。"

田斌回到车里，打开车灯补光，给她拍了一张照片，"1，2，3，看我，笑。""谢谢你，这是2021年我收到的第一份礼物。"这条视频在快手收获超过60万点赞，粉丝留言，"不知道为什么，看着看着就流泪了"。代驾女孩走红网络，不仅让田斌的快手账号涨了数万粉丝，女孩也被工作单位注意到，其认真工作的精神得到奖励。这更加坚定了田斌为普通人发声的信念，"普通劳动者的奋斗值得被看见、被关注"。

每当感觉坚持不下去的时候，田斌翻翻过往拍的作品，自己也就挺过来了。"当你抱怨倒霉时，可能没有想过，有人比你更不幸。活着就是幸运的，每一个用力活着的人，都值得被尊敬。"

谢谢你爱我

如今，田斌的快手作品数量已经达到300多个，粉丝量也涨到200多万。但他从来不觉得自己是网红，"这些普通劳动者，他们更接近于你我，我和他们一样"。

同样是作为在西安拼搏的一员，田斌经常从这些拍摄对象身上看到自己的影子。几乎每次走上街头，田斌

喜欢看书的煎饼阿姨

都能遇到一些"大隐隐于市"的陌生人,对他们肃然起敬。他们可能是诗人,是知识分子,是艺术家,又或者是对某个领域有惊人造诣和独到见解的人。

一个卖凉糕的大妈,流利的英语张口就来;一个做铁板鱿鱼的老伯,曾是某企业厂长,手上还有几个专利待开发;一个做煎饼的阿姨,每天坐在摊前捧着一本书认真地看,她说她不爱看手机,看书心才能静下来;一个卖豆腐脑的小店老板,在墙上贴满了自己创作的诗,老顾客都叫他"豆腐脑诗人",田斌说他是"把平凡的生活过成了诗"。

当然了，更多摊贩是为了讨生活。11岁的小女孩，在吹着冷风的冬天卖气球，只为挣够下学期的学费；86岁的老人，在深夜的西安街头卖花，为了给老伴挣钱看病……他们靠手艺游走于城市，为往来者提供吃喝、娱乐，以及更多生存之外的东西。他们凭本事谋取生计，也期待用真心换取他人的真心。

田斌还拍过一位因意外失去双腿的大哥，他每天晚上在街边卖唱几个小时，最多能挣两三百块钱。大哥最大的心愿是哪天攒够钱，装个好一点的假肢，像正常人一样走路。

平凡的劳动者，给过田斌很多感动，他们的内心往往充满善良和悲悯。他在胡家庙的十字路口拍过一个老奶奶，在那指挥交通。学生过马路时，奶奶会用急促的哨声和手势进行护送，不知道的人还以为她精神出了异常。附近的学生告诉田斌，几年前奶奶的孙女在那里出了车祸不幸离去，从那以后她每天都在那里义务指挥交通。

在回民街，田斌遇见了一位58岁、拉着拖车叫卖的盲人师傅，每天从30里外的斗门镇转换公交车两小时进城卖鸡蛋。师傅家中还有一个生病的86岁老母，他要给母亲买药。他还抱养了一个弃婴，供她上了大专。所有这些，都靠他卖鸡蛋来维持。田斌觉得他很不容易，给他塞了100块钱，问他有啥梦想吗？师傅的答案让田斌

卖气球的83岁老人

感到震惊:"我想以后把我的遗体捐献给国家,支持临床医学。"

来自陌生人的善意和感动,让田斌找到了坚持拍下去的意义。他会把自己攒下来的纸皮一张张叠好,整整齐齐地拿给拾荒的阿姨;在路边听到买菜奶奶的故事后,把她的椿菜全部买下;看到严冬中推车卖生姜的八旬老人,给他送了一副耳套;他会帮衬小吃摊主的生意;会悄悄在绣十字绣的残疾大哥相框里塞100元钱;买下卖气球的小女孩和奶奶的气球,付款后他没要气球,转身就跑。

"走红"后，田斌意识到自己作为普通人，也可以为他人带来能量。2022年的世界阿尔茨海默病日，田斌受邀在青岛策划了一场目睹记忆消失的街头试验，让路人真切感受到AD患者因为失忆带来的残酷处境，使"老有所忆"，让老人的精神世界与当下社会有一个连接点。

视频里，田斌经常问对方的梦想是什么，而他自己的梦想，是把各行各业的劳动者都拍一个遍，做一部"西安人物志"的纪录片。有人说，记录就是意义，田斌却说，认真生活就是意义。

这几年，那些震荡的时代和人事，投射到他的镜头里，个体的幸福与苦难，平静但确凿地发生。他见证过很多个零点后的城市，也目睹过许多流离失所、许多人间清欢、许多万家灯火。

"日复一日中，只有生活长青，时间会给生活答案。"

撰文：张先森

一个被叫作
"齐天大圣"的普通人

猴哥飞饼
快手 ID：480935758

中国有至少6万个叫周伟的人，但打扮成孙悟空来表演飞饼的周伟可能只有一人。作为一个谋求出路的普通人，走红之后的周伟，依旧在摊位前表演飞饼。他也毫不避讳自己对赚钱的渴望，但流量背后，周伟的努力从来没有停歇过。

在中国，至少有6万个名字叫周伟的人，他们中有官员、作家、教授、导演、歌手、艺术家、企业家……但我们将要谈论的这个周伟，初中学历，身材普通，长相普通，他更接近"周伟"这个名字的气质——一个普通人。做一个普通人也不容易，普通人的一生同样充满艰辛。小镇青年周伟在外漂泊的十余年里，去过五六个城市，做过七八个工种：切配工、舞面师、服务员、外卖骑手、地摊小贩、流水线工人……他戏称自己是城市的边缘人，一直奔波，一直努力，也一直平凡。

周伟曾经困穷、寡言、自卑，现实生活中他也许是个"小丑"，被忽视、被刁难、被嘲笑，但在网络世界中，他凭借一身技艺成为很多人的"齐天大圣"，收获了大批粉丝，并因此走出一条"摆摊+教学+直播"的营生之路。在他的视频里，无数老铁发出弹幕：生活不易，猴哥卖艺。

卸下孙悟空的面具，周伟谈到了这些年的打工经历和拍视频的初衷，也毫不避讳他对流量和赚钱的渴望——这几乎是一个小人物本能的追求。他说："像我这样的普通人，直面欲望不丢人。"

小镇青年漂流记

在长沙市雨花区,经过广济桥烧酒煮鱼店门口的市民,都会忍不住看看店铺前的飞饼摊。但几乎没人知道摊主叫周伟,只知道这个摊位叫"猴哥飞饼",摊主身穿孙悟空的服装,表演自己的拿手绝活。当然,"猴哥"耍的不是如意金箍棒,而是漫天旋转飞舞的大饼。

尽管已经走红四年,周伟如今仍在街头摆摊。与那些突然蹿红又很快黯淡的草根网红相比,周伟探索人生道路的方式更接近大多数默默打拼的普通人。

1993年出生在河南西峡县的周伟,上面有两个姐姐。由于计划生育政策,他的出生让家里被罚款两万多元。20世纪90年代的中国,两万块对一个农村家庭来说是一笔巨款。周伟的父亲是农民工,母亲跟着父亲在工地做点零活,收入微薄,工钱被拖欠是常有的事。在周伟的印象里,他的童年就是跟随父母在不同的工地度过的。每次开学,他都是班里最后一个交学费的人,有时候交不上,老师便叫他先回家。家里经常有人上门讨债,直到他上初中,父母仍在还债。那时他才意识到,超生罚款让家里欠了一大笔钱。

周伟一出生就面临家人"望子成龙"的期待,无形中背负着"出人头地"的压力。但他没有刻意强调苦难和压力对他的成长和学业的影响,"就是贪玩,没心思学习，成绩也不好"。和很多身边的同龄人一样，初中毕业他就辍学了，开始到处"闯荡江湖"。

2009年，16岁的周伟第一次出远门来到了河北邯郸，在亲戚开的一家小吃店做驴肉火烧。因为是未成年，他没有选择的余地，火烧一做就是两三年。直到18岁，不想永远做烧饼的他一路向北，成为一名真正的"北漂"。

之后的故事，就是一个打工人为了更高一点的工资不停转换工种，又不断遭遇挫折。但从离开家门的那一刻起，周伟拒绝再次成为家庭的负担。超生罚款成为他心里的一根刺，总在他受累、受委屈时刺痛他的神经，提醒他"我没资格停下来"。

2011年来到北京，周伟在立水桥附近的一家肯德基工作，租住在温都水城旁边的城中村里。虽然每天要耗费两个小时在通勤的公交车上，他每个月仍达到了肯德基单人上班时长最高限度的200个小时。但他觉得还不够饱和，在这200个小时之外还做了其他零工。只有每天干活挣到钱，他才觉得踏实。

如果把时间排满，他在北京一个月可以挣3000多元。他花400多元在城中村租了一个小单间，睡觉的床占了房间一半面积。他走了一天才找到这个小房间，搬进去那天，他以为人生有了新的开始。后来却慢慢发现，偌大的北京城容不下一个想立足的小人物，他时常感觉自己和这座城市格格不入。

在生活的重压下,周伟选择离开北京回到老家西峡,打算靠做烧饼的手艺在小县城开个小吃店。他想,有自己的一家店、一份生意,终归比四处打零工更有盼头。开店做老板的想法遭到家人的反对,理由是他还太年轻了。但创业的念头一旦出现,就很难打消。在那之后,他又尝试换了几份工作,做得都不怎么顺心,还是想"自己做老板",他认为这是财富和身份的象征,"像我们这样只有初中文凭的,自己做生意是唯一的出路"。

2014年,为了实现创业的梦想,不甘心的周伟跑到上海送外卖,他以为只要勤跑腿,小人物也能闯出一片

周伟扮演孙悟空做飞饼

天地。彼时，美团和饿了么还在街头做地推，骑手还没被困在系统里。周伟跟商家直接合作，顾客电话下单，他骑着老板买的电瓶车送货。有一天，他把电瓶车停在楼下，跑上楼送货，转眼工夫车就被偷了。他慌忙地找啊找，在附近绕了好几圈，结果当然是没找到。他茫然地站在上海的街头，一时竟不知道去哪儿，心里空落落的。店老板扣了周伟4000多元，相当于一个月工资。他没有异议，只能自认倒霉。骆驼祥子丢了黄包车，再快的腿也跑不动。

他干脆不跑了，到一家电子厂做流水线工人。在纪律严明的工厂，他被安排上夜班，不能说话，也不能看手机，漫漫长夜更是难熬，日子随着齿轮和传送带沉默地转动，看不到一点波澜。在清一色的厂服背后，当初那个"自己做老板"的念头仍在嗡嗡作响。枯燥的工作、无处安放的情绪，让原本就寡言的周伟变得更加沉闷。那段时间，他觉得自己快抑郁了，于是离开电子厂，及时从压抑的环境中抽离出来，没想到转身投入到了一个让他更压抑的环境中——海底捞。

在那之前，它几乎是周伟心目中的打工圣地，四五千的"高薪"，还包吃包住。但只做了4个月，疲累的工作就消耗完了他的热情和体力。海底捞是当时最受欢迎的餐饮品牌之一，几乎每个时段都要排号，后厨24小时连轴转，员工从上午八九点忙到晚上十一二点是常态。在电子厂上夜班被打乱了生物钟的周伟,在海底捞的高强度工作中败下阵来。这一次,他几乎是从"魔都"落荒而逃,再次回到了西峡。

在西峡的村镇,像周伟一样16岁便辍学的年轻人再普遍不过。升学之门早早关闭后,他们很难再有冲破阶层的可能,社会似乎已经暗中为他们标记好了小人物的位置。周伟常常想,自己在外打拼数年,兜兜转转还是打零工,转眼20多岁了"一事无成",还有改变命运的可能吗?

苦练"72变"

2018年2月,周伟在网上发布的一条视频突然火了。视频里,周伟穿一身蓝色衣服,在郑州的一家火锅店里做飞饼。店里环境嘈杂,他沉浸在自己的世界里,心无旁骛地表演着,在有限的空间里穿梭自如。这个视频让他第一次上了热门话题榜,涨了一波粉丝。所谓飞饼,就是在制作"手帕饼"的时候带有表演成分,像扭秧歌一样用手转着饼,因而得名"飞饼"。周伟的飞饼技术是来到郑州的一家海底捞之后自学的。他离开了上海的海底捞后不甘心,又在2015年从西峡来到郑州,再次选择海底捞。不过这一次，他的动机不再是打工这么简单。那时候，以服务为卖点的海底捞还有变脸、舞面等表演节目。周伟盯上的就是海底捞的舞面师。一方面，舞面师一个月可以拿到六七千的工资，高于一般的服务生；另一方面，他想着终归要掌握一门手艺，不然永远是最底层的打工仔。

海底捞的学艺之路并不顺利。舞面依赖师徒之间的手口相传，但在海底捞，技艺过硬的舞面师不会无缘无故去教一个菜鸟，毕竟这是他们的看家绝技，生怕别人把饭碗抢了去。没人教，周伟就自学。揣摩店里舞面师的动作，在网上找相关视频，跟着视频依葫芦画瓢，"金蛇缠身""旋转乾坤""飞舞盘旋"这些动作不仅要舞得漂亮，面条还不能断，每个动作难度都不小。初练时略显扭曲的动作一度让他不敢"抛头露面"，只好在上班间隙跑到地下停车场偷偷练习，下班后把自己关在出租屋里继续练。

2017年年初，一门心思想创业的周伟再次离开海底捞，带着舞面的手艺从郑州回到西峡摆起地摊卖烩面片。为了招揽顾客，他在摊前表演舞面，来往的人投来奇怪的目光，还有人说他是疯子。"小地方的人观念落后，突然来了新奇的东西，别人不理解，就觉得这小伙子怎么疯疯癫癫的样子。"周伟有点无奈。很快，他就发现自己的烩面片卖不动。他是纯手工擀面，一两卖5毛，别人是机器擀面，二两只卖5毛。他每天早上五六点起来擀面，"忙活一天，就挣个二三十块钱，还不如上班，上班每天还有百来块钱"。

那段时间，周伟满脑子都是钱。实在没辙了，他想到做自媒体。与很多人"记录生活"的初衷相比，周伟毫不掩饰他拍短视频的目的："听说别人玩快手可以挣钱，直播什么的，我就想反正我有舞面这个手艺，我也可以拍。"

为了拍视频，一向腼腆的周伟豁出去了，在街头拍，在店里拍，甚至跑到川流不息的桥上去拍，车辆从他身边呼啸而过，也有行人路过盯着这个尬舞的小伙子，一脸困惑。但这并不影响他拍视频的热情，很多人通过他的视频知道了还有一种"舞蹈"叫舞面，尽管当时粉丝不多，但他还是尝到了被关注和赞扬的滋味。

拍了一个多月视频，一家新开业的火锅店找到周伟，请他到店里舞面。上了一个月的班，周伟舞面的技艺越来越精湛，但他又觉得自己的表演太单一，想着得再掌握一门手艺，这样拍视频做直播时也能多一项节目。于是他自然而然地想到了学飞饼，一来都是面食，二来飞饼可以表演，有看头。但练习飞饼并不是一件容易的事，"飞"的方式复杂多变，往往是一看就会，一学就废，若是手艺不精、味道不佳，表演和生意很容易"翻车"。

好在周伟有做面食的底子，加上舞面的经验，他知道如何从零去练习一门手艺。撇八字、转陀螺、回旋飞、风火轮、单手顶……一个个动作,从入门到连贯。一开始,他用毛巾代替面饼,但道具太小练不出手感,他就找裁缝做了更大的道具。等动作逐渐熟悉,他再用面饼练习,有时候一天要练十几个小时,练到凌晨一两点,损失面饼上百个。练了几个月,几百斤面粉被他挥霍一空。

2017年11月,周伟终于学会了用面饼转陀螺,火锅店也开始上飞饼了。也是在这家火锅店工作期间,因为解锁了飞饼技能,周伟开始感受到平台流量对他的眷顾。

周伟在长沙太平老街

2018年4月，他在店里做飞饼的一条视频再度上了热门，上百万的播放量也让他的粉丝量涨到4万，尽管不算多，但这样的突破还是让他感到兴奋。几条爆款视频也让周伟感受到了流量的压力。一些做飞饼的同行看了他的视频，说他的动作不专业，飞得不好看，拉低了行业门槛。当时还有人断定，他的飞饼生意肯定做不起来。自学自演、现学现卖的周伟，不知道所谓的"专业"和"门槛"是什么，他管不了那么多，觉得只要网上还有很多人喜欢就好。他对涨粉有强烈的渴望，经常会安慰自己，"喜欢我的人越来越多，很快就能赚到钱了"。

每天夜里下班，他忍着疲惫打开直播。因为不懂聊天，长相也不好看，害怕直播间没有氛围，他只好给粉丝一遍一遍地表演舞面和飞饼。来向他请教飞饼的人越来越多，他因此发现了商机——找裁缝做了一批练习飞饼的道具售卖，每直播三四场，能卖出一两个，每个能挣6块钱。也因为直播和卖道具，他开始有了一些存款。攒了点钱，他又开始"不安分了"。

从小丑到美猴王

让周伟从上班真正走向创业的转折是一场劳动纠纷。当时,火锅店因为经营不善,老板欠了周伟两个月工资,总共6000多元。协调无果,周伟向劳动局申请仲裁,官方介入一个月后,他终于拿到这笔钱,但火锅店是待不下去了。

辞职后,带着上班和直播挣到的第一桶金,周伟开了一家舞面师工作室。但由于没有餐饮门店,招不到学员,他再次摆摊卖飞饼,经营了一段时间,手艺越来越熟练,飞饼口味也越来越多,生意越做越好。但周伟总觉得还差点什么:火候、味道、吆喝?周伟一时说不上来。他忘记了具体哪一天,脑子里突然蹦跶出来一个人物形象——齐天大圣孙悟空。

"对啊,为什么开始没想到扮成孙悟空呢?"当时距1986年版《西游记》播出已经三十二年了,但在短视频平台上仍有一群人对它念念不忘。他们会扮成其中的角色——孙悟空、猪八戒,或者其他妖魔鬼怪,重演"西天取经"的故事,或为了涨粉,或给景区揽客,又或者单纯只是喜欢。融入具有国民文化认同感的孙悟空IP,能提升大众的认知度和好感度。周伟不懂IP,不懂营销,他只知道美猴王这身装扮绝对博眼球。他说不清"猴哥飞饼"的灵感来源是他作为90后对《西游记》的印象,

周伟在长沙渔人码头与小粉丝合影

还是后来刷短视频被潜移默化影响的。

他找来一根"金箍棒"开始投入练习。房间太小,他就去广场上练,在草坪上练,那段时间到哪儿都带着一根棍子,模仿孙悟空的动作和神态。他又花了3000元买了一身美猴王的行头,有点山寨,面具的做工比较粗糙,他戴上后照了照镜子,觉得不像孙悟空,反而像个小丑。丑是丑了点,整体倒也像模像样。扮"齐天大圣"做飞饼的效果很快显现出来,他的摊位回头率变得极高,经常有一群孩子围观驻足。现实中被围观得越多,网络上越能凝聚人气。他变装后的做飞饼视频没多久就上了热门榜单。生意也翻了一番,以前一天能卖几十个,后来一天卖百来个。节假日是他生意最忙的时候，最多一天能卖300多个，赚两三千块钱。

2018年9月18日，西峡县仲景小镇开街。这一天，周伟的"猴哥飞饼"摊也开业了。小摊很快成为小镇的网红打卡地，一些外地的游客特地来西峡看他表演、吃他做的飞饼，"我印象最深的是一位湖北的先生带他3岁的儿子来西峡，他儿子特别喜欢美猴王，所以爸爸就专门带他来满足心愿"。

有了一些积蓄，周伟终于可以升级装备。他又花了3000元单独买了一张孙悟空的面具，这个价位的做工足够细腻逼真。后来他把孙悟空的不同装扮全买了，根据不同的场景换不同的服装。开始表演飞饼前，他一口一个"俺老孙"，很像那么一回事。

2022年年初，周伟把飞饼摊开到长沙，这似乎是把自己的品牌推向全国的前奏。疫情中，他没有盲目扩张，依然谨慎地做自己的小本生意，把摊位摆在别人的店铺里，利润三七分成。他几乎全年无休，不出摊的时间里，他变成周老师，把舞面和飞饼的手艺传给徒弟。2018年至今，他已经收了近200个徒弟，遍布全国各地。最红时，几乎每天都有人在网上找他拜师学艺。还有一些粉丝直接购买他的教学视频自学飞饼花式动作教程、和面配方、烤制技巧和功夫舞面等。

走红后，有传媒公司想高价跟他签约，他拒绝了。

尽管赚钱是他的目标，但他更想把"猴哥飞饼"做成一个品牌，这样也能够帮助更多人创业，而签约意味着打工，还是变成别人赚钱的工具——"那不是回到老路上了吗？"

因为"猴哥飞饼"，周伟成了西峡家喻户晓的红人，当初那个觉得自己"拖累"了家庭的男孩，经过一番跌跌撞撞的摸索后总算给家里和自己争了口气。赚了钱，他帮家里还了债，把在农村种地的父母接到县城生活，自己也添置了一些家当，他觉得物质上的回报是他打拼的动力。

如今，化上一个美猴王的妆，在街头热热闹闹地给大家表演一段，然后再拍个视频，收摊回家后开始直播，仍是周伟每天的"必修课"，他的目标依然是赚更多的钱。直播的内容也永远少不了表演飞饼。薄薄的面饼在他手中越转越大，越转越薄，几近透明。即便是难度最大的回旋飞，在他这里也只有极小的失误概率。不再有人说他飞得不专业，弹幕里有老铁夸他："这抛饼手法妥妥的大圣转世。"

一套行云流水的动作背后，很少有人留意他在面具下流过的汗水，还有那些白天过后独自在出租屋里用面饼转陀螺的黑夜，以及黑夜过后偷偷躲进停车场舞面的白天。尤其在夏天，穿着美猴王的服装，顶着三十几度的高温，表演一圈下来，内衣都湿透了。每天收工卸妆，脸上的面具要分三层才能脱下来，眼角明显被勒出了痕迹。时间长了，周伟也习惯了，他觉得自己与迪士尼的人偶无异，穿上这身皮的那一刻就没得选了。对此他从不抱怨，只是被人叫"猴哥""孙悟空"叫惯了，他更希望更多人记得，他叫周伟。

在中国，名字叫周伟的有上万人；在快手，甚至很难统计有多少个"美猴王"，他们中有大学生、退休老师、工地工人、出租车司机、家庭主妇……但穿着美猴王服装表演飞饼的周伟，是独一无二的那个。

撰文：张先森

收破烂的快乐哲学，
每天都在开盲盒

美嘉哈哈哈
快手 ID：113414702

"我是收破烂的。"美嘉毫不掩饰自己的工作，18岁开始收废品，如今已经十多年，从谋生到热爱。每天在垃圾堆里拆盲盒的美嘉，也正在拆解人生的盲盒。对她来说，惊喜并不是要达成什么样的成就，而是无论明天面临什么，都好好吃饭，好好生活，好好照顾自己。

废弃的玻璃瓶、好看的包装纸、小时候的玩具残骸……年轻人"囤破烂"的收集癖大多是爱好或习惯，但在日本有个叫美嘉的中国女孩，每天都在"捡破烂"。她在一堆破烂里捡过劳力士手表、钻石项链，甚至因此开拓了自己的事业。

12岁那年，美嘉随母亲移居日本，住在狭小简陋的出租屋里，不上学的日子就跟着母亲挨家挨户收废品。18岁时，她放弃求学，决定把收废品当作事业来经营。24岁，她拥有了自己的第一家废品收购站，如今已经年入千万。

"不就是个捡破烂的"，曾经有人鄙夷她的职业。但这个洒脱的女孩用自己的方式回应着涌来的各种声音。她把收废品的日常发布到快手上，在短视频里常笑着跟粉丝分享："捡破烂的快乐你们不懂，就像拆盲盒，总有隐藏的惊喜。"

"垃圾盲盒"的隐藏惊喜

美嘉有一个铁架子,上面摆满了捡来的"宝贝":一块劳力士手表、一面铜镜、一个古董壶……有人曾出价几万元收购,但她一件也不舍得卖。这里的每一个老物件对美嘉的意义都超过了价格本身,都是她收废品岁月的"见证者"。

捡到劳力士是在2019年,当时美嘉的第一家废品收购站刚开业。一个日本拆迁公司给她送来一车垃圾,那块沾满灰尘和垃圾残屑的手表就压在最下面。扒开充斥着异味的层层垃圾,看见手表的那一刻,美嘉像开盲盒抽中隐藏款般兴奋。她将表拿到附近的鉴宝店去鉴定,评估师的话更让她无比惊喜:"这块表的残值是30万日元[1]。"

类似的惊喜美嘉经历过不止一次。十多年前,读高中的她帮妈妈挨家挨户收废品。有一天,走到一栋"一户建"(独栋住宅)的住户门前,美嘉看见院里停了一辆橘色的叉车,便摁响门铃询问叉车卖不卖,"不要了,送给你",老年户主的回答让美嘉瞬间愣住了,等回过神来,她赶紧给妈妈打电话,声音都有点颤抖。这辆估值人民币1万元的旧叉车,相当于母亲当时收废品一个月的收入。

1　按2019年的汇率,1日元约合人民币0.06元。

有人说，日本人有钱才随意扔东西，美嘉并不这么认为。日本的垃圾分类制度非常严苛，民众若不认真执行，将面临巨额罚款。在日本，扔尺寸超过1.2m×1.2m的家具、电器等大件垃圾需要付费才能处理。这让日本人买东西很谨慎，如果拿回家制造出新的垃圾，还不如不买。对于他们而言，扔东西就像卸下负担。2023年4月，一对日本男女开车来到美嘉的收购站，一进大门鬼鬼祟祟地扔下东西扭头就跑。员工一看是电脑，想赶上他们给钱，可喊了半天，俩人也没回头。美嘉笑着说："可能是怕收费，跑得跟逃荒似的"。

美嘉的废品收购站位于日本埼玉市，那是蜡笔小新

美嘉收到一个好看的花瓶

的家乡，也是她事业成功的"宝地"。她原本只收金属类垃圾，但如果有人送来塑料、纸盒、玻璃、木板等垃圾，她也会收费处理。分好类的垃圾每一立方的处理费是8000日元；如果不分类，一立方垃圾按当时的收费就是27500日元。有些人没时间分类，便把垃圾一股脑送来，这让美嘉常有"捡漏"的惊喜。她偶尔会在废品里捡到古董、项链，甚至是钻石戒指。她用捡到的铂金链子和钻石给妈妈做了一条项链，还用小钻和大钻合成一个心形坠子。

除了偶尔捡到小惊喜，真正让美嘉获得高收益的还是接到"大现场"。2023年4月，她接到一个拆保龄球场的单子，开着小货车和员工一起倒腾了三天垃圾，临走前，她还笑眯眯地抱着白色保龄球合了个影。

第一个废品收购站的生意越来越好，美嘉在2023年顺利开了第二家收购站。这个曾走街串巷的女孩，经手过10万多吨垃圾。在异国他乡漂泊十年，她把别人眼中"上不了台面"的收废品做得风生水起。她常说自己是个幸运的人，可所谓的幸运，不过是在大家看不见的角落偷偷努力的结果。

东北女孩"闯"日本

1994年出生在东北的美嘉,由于父母外出打工,一岁多跟着姥姥、姥爷在哈尔滨方正县大房屯生活。9岁那年,父母离异,她成了单亲小孩。三年后,母亲在日本结婚,于是把美嘉接到了日本。原以为和妈妈一起生活是幸福的开端,可初来乍到的她很难融入异国,这让她更加孤独无助。不会日语,说话只能靠比画,美嘉刚来时常被同龄小孩欺负,但她从不跟妈妈诉苦,"妈妈白天要在冷库穿串,晚上还要去料理店打工,太辛苦了"。正是由于这段经历,美嘉后来能以较强的同理心去理解在日同胞的处境。

小时候,美嘉的梦想是当一名律师,她觉得女律师又帅又飒。可高中一毕业,她就出来打工了,"家里日子困难,不想给妈妈增加负担"。学历不高,只能做最辛苦的工作:在乌冬面店当服务员,刷盘子,洗碗;在超市负责清洗切割猪肉的机器刀片。"日本的工作强度非常大,几乎是一个人干三个人的活。干活速度要快,不允许出太多错,每天要定时定量完成工作任务。"

天性乐观的美嘉很少叫苦,之前跟母亲开小车收垃圾时,又脏又累,但她一次也没抱怨过。她知道,当时收废品是最适合妈妈的工作,时间不受限,入行门槛低,需要掌握的日语也比较少。美嘉不怕苦的背后,还有一个偷偷藏起来的心愿:"我想要赚很多钱,给妈妈更好的生活。"打了几份工之后,美嘉决定还是跟着母亲收废品。那一年,她18岁。"收废品时间自由,偶尔还能拆到盲盒",笑谈入行初衷时,她自己也不确定当初喜欢还是不喜欢,毕竟正当妙龄却整日要与垃圾为伍,并不是一件美好的事。

当时,国内很多亲戚朋友都反对她做这份工作,但妈妈尊重她的选择,虽然心疼女儿做这个行业,可在外面打工也累,还受束缚,她们在异国他乡可以选择的工作机会并不多。有了妈妈的支持,美嘉全身心投入,逐渐把收废品业务揽了过来,成为主力。她经常一个人开车取货,一整车的货都自己装卸。每天风吹日晒,给又脏又臭的垃圾分类,成为这个女孩的日常。被尖刺硬物割伤,被铁或铜等金属磕得青一块、紫一块,也成了她的常态。

起初,美嘉只是一个收垃圾的小散户,赚不到太多钱。真正让她赚到第一桶金的是在2017年,也正是这次机会让她决定在这个行业深耕。一个常合作的拆迁公司接到日本富士通会社拆迁项目后,认准她工作努力又靠谱,便让她负责分类和处理金属类垃圾。现场的空调和电线比较多,仅仅几个月的时间,美嘉就赚了一百多万元人民币。这也让她开始意识到得有自己的收购站,这样不仅能跟大会社合作,还能囤货,"贵重金属囤几吨,形势好再出货,就比收来直接卖掉收益更多"。

长期收废品经验的积累让她愈发有自己的想法。2019年,她倾其所有开了第一家收购站,然而,收购站刚成立就遭遇日本新冠疫情暴发,刚开业客人本就不多,疫情导致客流量更少,有时一整天也没人来送货。一向爱笑的美嘉焦虑起来。她又回到最初的模式,整天开着小车满大街找垃圾,还在网上查询附近电器商店、拆迁会社、装修会社的地址电话,然后记到一个小本上,挨家挨户摁门铃递名片,甚至买菜路过拆迁现场,也拿着名片进去询问。

2021年,疫情尚未结束,美嘉的生意逐渐好了起来。

美嘉帮粉丝清理仓库

比起别的收购站,她收购金属垃圾的价格要高一点,附近的收购站也比较少。有两个日本客人曾因为送废品抢位置吵了起来,"他们就是肚皮撞肚皮,没打起来"。但那次之后,美嘉开始考虑做个号码牌,管理现场秩序。

生意好了之后,美嘉雇了几个员工,但有时人手不够,她也会跟着去清理现场。任何垃圾她都能一个人娴熟且快速地分类打包。有一次,清理一栋别墅时,屋里味道刺鼻,她差点吐出来,可一看见废品,还是两眼放光。一趟趟往楼下送废品,热到快虚脱了,她随手捡起一盒别人扔掉的退热贴,贴到额头和脖子后,动作熟练得仿佛这些东西不是垃圾。

美嘉喜欢美甲,总有人质疑她:"一看就不是干活的手。"事实上,美甲也是为了保护指甲。"分拣垃圾的时候,大拇指和二拇指的指甲总会劈开,那种钻心的痛,太难受了。"废品收购站四周用铁板围了起来,地面也是铁板。一到夏天,室外气温三十五六摄氏度,但收购站里面可以高达五六十度。有些年轻员工常常因为条件艰苦而离职。这些身体上的累和苦,美嘉都能忍下来,只是再坚强的人也有脆弱的时刻。有一次,她刚干完活,穿着工作服去超市买菜,发现很多人都极其礼貌地绕着她走。有时赶上下雨天取货,低头一看湿淋淋又脏兮兮的自己,也不免感到沮丧。但因为乐观的性格,在漫长的收废品经历中,让美嘉失落的日子并不算多,大部分时间她都觉得自己过得很充实。最近几年,她更是在收废品中感受到真正的价值和乐趣。

从谋生到热爱

"没想到我一个收破烂的,能有那么多人喜欢。"如今在快手平台拥有100多万粉丝的美嘉总有种不真实感,但她的收购站营业额因为线上传播实实在在地增长了30%。她第一次知道这个短视频软件是2017年表姐和表姐夫来日本时,夫妇俩天天看主播PK,她觉得好玩,便也下载了。

2019年,只有8个粉丝的美嘉私信询问一个叫"溜达鸡社长"的用户,"视频里的小龙虾在哪儿买的?"两人因此结识。这个居住在日本的中国青年,喜欢分享自己在日本的生活,他发布了美嘉收废品的视频后,两人都很快涨粉。很多在日本的粉丝会给美嘉送废品,还有粉丝认识日本会社,帮她介绍业务。有个开拆迁公司的粉丝,拆了个大现场,连续给她送了三四个月的废品。这几年,接连拆"大现场"确实让她赚了不少钱。

2023年,她花了1.6亿日元购买了一块800多平方米的地,开了第二个废品收购站。她要给新开的收购站接

美嘉给员工装修宿舍

电,可日本会社收费至少130万日元。一个粉丝知道后,帮她给厂子接上了电,只花了大约13万日元。夏天收购站高温,总有粉丝给她和员工送水、送西瓜。

这些善意让美嘉感动不已,她也同样不遗余力地帮助粉丝解决难题。有个阿姨的儿子在日本留学,毕业后离开宿舍,要分类垃圾、搬东西,便私信求助美嘉。她不但没收费,还开车来来回回跑了好几趟帮他拉东西。很多在日本的留学生找美嘉求助处理垃圾,她都会尽量提供帮助。疫情期间,有两个旅游专业的中国留学生在日本找不到工作,向美嘉求助。她给两个年轻人提供了包吃包住的岗位,月工资人民币1.1万元。三年过去了,他们依然留在收购站工作，工资也涨到1.3万元。也有粉丝因工作签证快到期，还没找到工作，求美嘉帮忙。如果自己收购站里没岗位，她就找在日本的亲戚朋友尽可能地帮忙。

一个在日本开料理店的粉丝创业失败要拆店，他找了一家公司，收费人民币14万元。但他早已负债累累，无力再承担这笔费用，连老婆孩子都养不起送回了国。美嘉帮他找了自己相熟的拆迁公司，最后他只花了人民币3万多元。当时他还有一笔大约人民币3000元的煤气解约费，美嘉知道他已经捉襟见肘，便悄悄把钱付了。

做生意那么多年，她早已知道如何让自己不吃亏甚至赚更多的钱，但每次遇到同胞求助，她宁愿不赚钱甚至赔钱也要帮忙，"肯为别人撑伞，才会有人为你开路"。她常说："人生不全是竞争和利益，更多的是相互成就，才能实现共赢。"她受不了有人跟她求助时那种无助、怯懦、卑微的目光，因为她自己也曾有过。有一次，美嘉帮一对日本老夫妇搬家，免费给他们处理了包括冰箱在内的许多大件垃圾，老人感激的眼神她到现在也忘不了。他们还给美嘉写了一封正式的感谢信，这种成就感对美嘉来说意义非凡。

如果说过去收废品是为了谋生不得不做的选择，如今收废品带来的意义感，则让她对这份职业更加笃定。以前回国，有朋友怕她尴尬，常在她面前避开职业的话题。现在,她会主动介绍自己:"我是收破烂的。"一个运行有序的社会,任何一种职业都需要有人去做,用劳动获得价值,就值得被认可和肯定。

美嘉计划三年内在日本再买一块地皮,建一个大仓库,把废品深加工先做起来。找她咨询开收购站的年轻人不在少数,她也毫无保留地分享经验,"这个行业门槛很低,但入行之前,一定要先熟悉"。她说可以像她一样,先开个小车挨家挨户收废品,或者在各个厂子收到货之后,再卖到另一个厂子赚点差价。她也提醒他们,在日本开废品收购站投资很大,一定要量力而行。这个行业很苦,一旦选择了,别轻易放弃,在自己的细分领

美嘉在试戴和员工团建露营的装备

域沉下心来做，才有机会获得成功。

在日本生活了十七年的美嘉，拿到了日本永驻权（即保留中国国籍，可在日本长久定居），也获得了加入日本籍的机会，但她都放弃了。因为即使身在日本，她的朋友大多还是中国人。比起日本料理，美嘉更喜欢东北菜。排骨炖豆角、蘸酱菜、红肠……几乎每天都出现在她家餐桌上，而麻辣烫、螺蛳粉也是她的最爱。

和很多年轻人一样，她也希望自己能早点退休："我想35岁退休，然后就回国生活。"可一说要回国，她似乎又忘了退休的事，"我想把事业挪回去，或者先在日本做废品回收深加工，做对外贸易，跟咱自己人合作"。

每天在垃圾堆里拆盲盒的美嘉，也正在拆解人生的盲盒。对她来说，惊喜并不是"我要达成什么样的成就"，而是无论明天面临什么，都好好吃饭，好好生活，好好照顾自己。"人生任何一个转角，都可能有个隐藏款的盲盒惊喜，我们只要充满期待地一直往前走就好。"

作者：小未

一个学英语的农民工

黄色安全帽
快手 ID：3694684069

万君是个00后农民工，因为在工地上拍摄背诵英文的视频走红。黄色安全帽，是他的日常也是他的网名，更是工地上最劳累的一拨人佩戴的帽子。一个农民工学英语有什么用？现在的万君也给不出答案。不过当工地的其他人都在埋头干活的时候，他抬起头，看到了黄色的月亮。

在广东揭阳的一处建筑工地，00后农民工万君因为讲英语而在网络走红。每天下工后，他赶紧拿出手机拍视频、背英语，视频的画面背景往往是一片片绿色的楼房防护安全网。

他在视频中曾说过：My job, it's very dirty, very tired, very smelly, but I like my job very much, because I know, perhaps everyone deserves better, but what I have now, is truly suitable for me. 翻译成中文的意思大概是：我的工作，很脏，很累，很臭，但我很喜欢我的工作，因为我知道，也许每个人都值得更好的，但我现在拥有的，才是真正适合我的。

说这段话时，他在快手平台已经有55万粉丝，最高赞的一条视频有几百万人看过。一切似乎将要改变了，虽然他的身体被困在工地，但精神已经挣脱平庸。一切又似乎没有改变，他依然是一个头戴黄色安全帽、干脏活累活的混凝土工人。

学英语，对于一个农民工来说能有什么用？他暂时还给不出答案，唯有一遍遍地背诵那些枯燥的单词和句子。

工地上自学英语的00后

一栋栋住宅楼在混凝土搅拌机和吊车的运转中一层层爬升，红色、黄色的安全帽在绿色的安全网和黄色的支架间缓慢移动。其中一顶黄色安全帽的主人叫万君，24岁，是建筑工地上鲜有的年轻人。

目前，万君在广东揭阳的一处工地做混凝土工。这个工程正在修筑基准面，需要大量工人完成钢筋捆绑、支模、混凝土浇筑等工作。再往后，主体结构施工、搭建大楼骨架、封顶都需要万君这些混凝土工们上阵。等到二次结构施工，机电、水暖、消防、装修等工作同步展开，一个工程就大体完成了，这时候万君和工友们已经在赶往下一个工地。

在建筑工地打工近两年，万君已经习惯了在不同工地之间流转。这里封顶大吉，就去下一个地方。哪里需要苦力工人，他就跟队去哪里。很少有人知道他的名字，他也成了这座城市最默默无闻的建设者，就像一根钢筋被嵌入庞大的建筑体中，重要又渺小。

因为讲英语而被更多人看到并引起媒体关注之后，他觉得找到了一点自己的位置。他原先有点自卑，觉得自己出身不好，没什么文凭，打工六七年一事无成。直到学英语和制作短视频给了他某种自信和成就感，尽管有时觉得自己的"走红"显得有些仓促、不真实。

2022年，万君开始在打工之余背英语单词，一天背15个。积累一定词汇量后，他直接背句子。先是用中文写下一些句子，然后用翻译软件翻译出来再背。一分半钟的稿子，两个晚上就能背熟。2023年9月，他将自己在工地上背英语的视频发在快手上，头戴黄色安全帽，满脸灰尘、泥浆、汗水的工人形象和说着一口流利英语的形象形成鲜明反差。3个月时间里，他的账号"黄色安全帽"涨粉50多万，很多人夸他英语说得溜、发音不错，很有"范儿"。他的信心也在这些肯定中一点点建立。

工地上，工友们都知道万君在讲英语、拍短视频，但没人知道他做这些有什么用，偶尔向他投来疑惑又不以为意的目光。更没人知道他还是个文学爱好者，喜欢读书，知道《道德经》只有5162个字，知道萨特和波伏

万君在揭阳的工地

娃一辈子没结婚，知道民用头盔的始祖是卡夫卡，安全帽是卡夫卡在工伤保险机构上班时发明的。于是万君把自己的短视频账号命名为"黄色安全帽"，象征着自己农民工的身份。

工地上安全帽的不同颜色代表不同的工程参建单位、工种和级别。红色一般为管理人员或甲方，农民工见了他们得打起精神；蓝色一般为高级技工，他们是持证上岗的；白色一般是工地监理，作为管理者的存在；而黄色通常是普通农民工的颜色，他们是建筑工地上最劳累的一群人，干的是最脏最累的活，好比泥土的颜色，黄色也是工地现场最常见的一抹颜色。这抹颜色是进城务工群体的主力，每5个农民工中就有1个建筑工人。建筑业作为劳动密集型行业，很多工序都要靠工人的双手去完成，模板工、钢筋工、外架工、混凝土工、水电工、电焊工、砌筑工、粉刷工……这些都是"大工"，每一种都是依仗工人手艺和经验的活儿。万君没什么手艺和经验，只能拿着铁铲跟随混凝土团队做一些铲泥浆的杂活，属于大工中的"小工"，报酬也是较低的那一档。

在建筑工地，像万君这样的小年轻屈指可数。农民工老龄化的表现之一是工地留不住年轻人。万君是一个特例。打工七年，他端过盘子，进过工厂，卖过保险，送过外卖，辗转来到工地并留了下来。他的视频里都是工地背景下，头戴黄色安全帽的他说着流利的英语。一个上进的年轻人在艰苦的环境中坚持学英语，听上去很励志。但只有他本人清楚，那些被人赞许的励志背后是漫长、难耐的孤独，是对麻木生活的对抗。

五六点起床，洗脸，刷牙，进工地前戴好安全帽，穿上马甲和水鞋，一直干到下午六七点。一月份的工地，湿冷的天气让他手脚长了冻疮，又痒又痛。但万君最讨厌的还是夏天在楼顶干活，在太阳下暴晒，为防中暑喝下大量的水，衣服被汗水浸透，甚至能拧出水来。涂防晒霜也没有用，脸上、脖子上的防晒霜会被汗水冲掉。进工地两年，万君面部的肤色黑了一圈，这让他看起来比同龄人沧桑许多。

夏天最热时，官方发了高温停工通知，但很多工地为了赶工期照样施工。晒了一天的钢筋砖头摸起来是烫的，工人戴了手套还是会被烫出水泡。很多时候，万君只能因为某些不可抗力放假，比如台风刮到广东时，工地强制放假一天。一些工友会躺在宿舍刷短视频，看到精彩处哈哈大笑。更多人光着膀子聚在一起饮酒、打牌，一喝就是一天。或许只有酒精才能麻痹体力劳动带来的疲累。

为了逃避某种麻木，万君没有参加这些牌局，而是回到城中村的出租房读些闲书，背背单词或写下一些句子。书读多了，他在干活时虽然拿着铲子，思维却不在工地，一些句子在脑海中一闪而过，恨不得立刻摘掉手套记下来。

  这是他某天干活时酝酿的句子：困难的事情才是值得的事情。如果你想拥有你不曾拥有的，那你就得去做你不曾做过的。生命的美好始于挑战，生如燕雀，当有鸿鹄之志；命比纸薄，应有不屈之心。如果你瞄准月亮，即使迷失方向，也是坠落在星辰之间。

  下工后他记下来，翻译成英文再背诵。就这样背了近一年的时间，从刚开始一个句子也看不明白，到现在一些比较基础的句子他都能看懂。在网络走红后，万君成了工地上的一个"代表人物"，即使不知道他的名字，但工友们都知道这个小伙子会讲英语。有时他也让工友们配合出镜，教他们讲简单日常的英语：We're having lunch（我们要吃午饭了），工友模仿得像模像样，他会夸一句：You are amazing!（你太棒了！）即便如此，万君依然觉得自己和工友们是"同一个群体，同一个命运阶层"。他知道自己仍是一个农民工，虽然包裹着一层英语爱好者和短视频创作者的外衣，但底层劳动者才是他的人生底色。

一个农民工学英语有什么用？

和很多工友一样，万君很少刻意去记自己去过什么项目，在哪里的工地干活，连施工单位的名称都很少留意。他的生活区是工地两三公里开外的城中村民房，而不是那些动辄几十层的商品房。

在城中村，房屋低矮，物价低廉，杂乱的电线将头顶的天空分割得支离破碎。万君蜗居在不到20平方米的房间里，每个月租金只需要两三百元。因为经常随工地流动搬家，他没有给房间添一件像样的家具或家电。之前有一阵子，他和两个朋友挤在一张1.5米的床上，后来为了方便学英语，他才找了更大的房间。

起初，朋友和父母在内的许多人都不理解他为什么花这么多时间看书和学习英语。"瞎折腾什么，学一门手艺不更实用吗？或者干脆什么也不学，拿这些时间来休息不好吗？"他们认为，身处这样的环境，万君似乎应该先想明白学英语能带来什么。实际上，他自己也说不清为什么要学英语。"我只是觉得，我知道的东西是有限的，我们不知道的是无穷的，我只是想多知道一点。"而坚持到现在的理由很简单，"至少没有麻木活着"。

万君第一次觉得自己"麻木活着"是在工厂车间。那是2017年在重庆，万君辍学后进厂打工，在流水线上不停拧零件，数秒内完成一个动作，每天工作七八个小时，拿起放下又拿起的动作要重复3000多次。整个生产线经过周密计算，他只能端坐在眼前的方寸之地，无需大脑思考，也没人跟他说话。拧了几个月，17岁的少年无法忍受工作的单调无聊，离开了厂子。

2020年，万君辗转来到四川，再次被困在流水线上。在五金厂，他每天的工作就是将水管扛到台面上，再操控一下机床，如此重复，直至每个动作形成肌肉记忆，度日全靠神游，那时候他觉得许立志的诗《流水线上的兵马俑》写得太真实扎心了，那简直是提线木偶般的生活。没多久，他又受不了离开了。

上班之余万君喜欢读网络小说，玩网络游戏，"就是那种玄幻小说，网络爽文，你懂吧，我们这样的人爱看的逆袭套路"。那几年他迷上了《王者荣耀》，成千上万的对局中，有一场令他记忆深刻——因为队友挂机，前半局大逆风，后半局三高全破，死撑到最后完成绝地翻盘。网文和网游带来的爽感让人短暂忘记打工的枯燥，躁动的青春在沉闷和亢奋的反复横跳中日渐消磨。

虽然游戏是调味剂，但后来万君觉得越来越没意思，熬夜玩游戏后的疲倦让他陷入更漫长的落寞。为了对抗这种麻木，他突发奇想地决定学英语，为了"让自己自律一些"。至于为何偏偏是英语，他觉得学什么似乎都要花钱，但英语可以不需要，一部手机一张嘴就行。

他负担不起一小时数百元的专业口语课程，随便下载了几个免费的APP，从背单词入手，背了小半年，开始写句子，然后翻译成英文再背，录音之后对照自己的发音纠正口音。为了练好发音，有时候一个句子要反复练习几个晚上。从刚开始只想背下来，到后来追求更标准的发音，再到如今他琢磨着怎样发出一个"有故事的声音"，怎样的节奏和叙事更有味道，怎样的音色和腔调更圆润饱满。

默默苦学一年，他把在工地讲英语的视频发在快手平台上。平均两三天他拍摄一条新视频，每个段子只给自己两天的背诵时间，背熟后再花一个小时拍摄。他给自己定了半年涨粉1万的小目标，但不到半年，这个数字就来到50万。视频评论区里，质疑、否定的声音也有，但更多是对他的夸赞：有人说小伙儿长挺帅；有人夸他英语说得地道；也有人建议他别干工地了，应该去考本科、教英语、做翻译或者出国打工。

"我感谢大家的好意，但这些建议对我来说不现实。"万君对自己有"自知之明"，认为他的英语还没达到可以教别人的水平，况且做老师还要有教师资格证书。他也不认为自己有通过自学重新进入大学的能力和必要。"我就是照猫画虎，学了一点皮毛，我的发音不标准，语法有错误，甚至一些小孩子可能都比我讲得好，距离真正掌握一门语言我还有很长的路要走。"

2023年12月初，万君做了一场5个多小时的直播，让

万君在直播工作场景

大家直观地看到他的工地生活,也回应了考学、教学和自学英语的相关疑问。但新的质疑随之而来,既然不想考学、不想教书,也没有出国务工或旅游感受异域文化的打算,那你一个干工地的学英语有什么用?你一个中国人,为什么要讲英语?农民工念英语的形象往往存在着两种偏见:学英语是"崇洋媚外";英语对现实生活用处不大,对一个农民工来说没有任何用处。

"也许是这个社会的分工太细化了,让大家对很多身份产生了刻板印象,凭什么农民工就不能学英语?农民工每天就只能和工地或流水线做伴吗?"万君反问,"如果只是单纯打工赚钱,那我是不是太没有价值了?"事实上,用世俗化的标准去衡量万君的选择是狭隘的。一个农民工学英语是再正常不过的事。一个小镇青年,身处社会底层却依然渴望向上,艰苦的生活之外不忘进行精神探索,这也许就是罗曼·罗兰所说的"认清生活的真相之后,依然热爱生活"。

万君在一条视频中展示了他每天从早到晚两点一线的生活,然后说:"As you can see, my life is very ordinary and monotonous, but I want to say, don't let the boredom of life ruin your already limited enthusiasm."(如你所见,我的生活非常普通单调,但我想说,不要让生活的枯燥毁了你本就不多的热情。)

坚持学英语的意义

拍短视频后,万君对目前边打工边学英语的人生状态感到满意,并打算在未来很长一段时间继续留在工地。他在一条视频中说:"我只有粉尘泥浆,暴雨烈阳,可是我喜欢它们,这些才是我的生活。不是我维持着生活,是生活还没抛弃我。今天的太阳很晒,可这才是照在我身上的光。"

几年前,万君读了一部叫《重生之都市仙尊》的网络小说,书里的男主人公在读过《道德经》后拥有了某种神秘力量,完成人生逆袭。万君也买来一本《道德经》反复研读,本想参悟其中道法,可没读出什么奥妙,倒是从此养成了阅读的习惯。这多少有助于他后来拍视频、写文案,他文案里的"我"并非一个自怨自艾的打工者,而是一个自醒、谦卑,同时渴望向上和内心富足的思考者。

若非这顶黄色安全帽和满脸的灰尘泥浆,看他写的这些文案,听他念的这些英语,很多人还以为这是留过学或者英语专业出身的大学生。实际上,万君连大学校门都没跨进过。曾经的叛逆、蹉跎和艰难,万君不愿过多回忆,只能从他只言片语的讲述中拼凑出一个大致的人生脉络:千禧年出生在重庆垫江的小镇,留守儿童,父母常年在外打工,从小由奶奶带大,学习成绩"一般般",高二辍学后一直四处打工到现在。

作为典型的"农民工二代",新生代民工"短工化"的就业趋势在万君身上体现得尤为明显。打工七年,他换过许多工种,但每份工作很少做超过一年。在工厂流水线,他觉得重复的体力劳动既不能让他学到新的技能,也不能教给他人生经验,因此转而去餐厅打工,手里端着盘子心里却惦记着吧台的咖啡师岗位,想着好歹能学到东西。年轻时学门技术,一技傍身也能在社会立足,这是一个农民工最朴实的生存之道。"但你一个菜鸟,人家凭什么教你做咖啡啊,吧台又不缺人。"端了几个月盘子还是没能去吧台,他放弃了。

那之后,万君在2019年前后到重庆卖过瓷砖,也卖过保险,但都干不长。相比销售,送外卖是他坚持最久的一份工作,因为"收入还不错"。"正常干月入5000,努力干月入8000,拼命干月入过万。"最拼的一个月,他拿过8000多块钱的工资,但意外还是发生了。一个下雨天,他在送餐路上一个急刹,连人带车摔得不轻。来不及喊疼,爬起来后他的第一反应是联系站里协调手上的单子。养伤一段时间后,万君彻底告别了这一行。空窗期,万君的生活没有目标,觉得打工没什么意思,"但不打工没收入更焦虑"。闲暇时万君喜欢刷短视频,但又觉得短视频是最让人焦虑的地方,因为能轻易看到别人的生活,"别人能轻易拥有我们朝思暮想的东西,这会让人产生强烈的落差感"。他不止一次感慨为何人与人之间的差距这么大,"有人出生在罗马,有人出生就做牛马"。有一次他刚干完活,满身脏兮兮的正在吃12元的快餐,看到一辆奔驰大G停在旁边的洗车店,而车主是和他同样年纪的小伙子。他感到自卑,想看又不敢看,却又一直忍不住看。

打工七年,他没车没房没存款,自称"除了一张身份证,掏不出其他东西"。万君从不掩饰对赚钱和成名的迫切追求,这对一个20岁出头的男孩来说毕竟太真实了。"我出身贫寒,说不羡慕别人肯定是假的。可是,羡慕只是一种空想,不会让我的生活有任何变化,只会让我变得焦虑、仇恨、自弃。"

为了改变这种"空想"的状态,他决定去做一件可持续的、长远的事情,就是学习英语。随后一段日子里,背单词成为他打工间隙最大的"乐趣",他相信"那些看似不经意的改变,有一天会让我看到坚持的意义"。拍短视频之前,他告诉他的家人朋友:"我要拍视频发到互联网,让更多人看到我、关注我,目标是半年一万粉丝。"现在的万君有了新的目标,"这个目标更远大,更宏观,更难以实现"。

在万君看来,老一辈工友们吃的苦比他吃的要苦上好多倍,"只是他们不会表达,在网络上没有话语权,他们需要克服的障碍很难被看见"。他一直有个想法——

把建筑工人不被看到的生存困境和无处言说的维权难题展现出来,"我就想,等我有更大的曝光量和影响力,我得为他们发声"。

17岁离开校园后,万君就成了芸芸众生中无人知晓的一张面孔,直到短视频让别人窥见了他的生存状态和精神世界。但还有无数和万君一样的小镇青年和农民工二代们,他们分散在各个工厂、工地和服务业岗位上,他们的生活不只是工地和流水线,他们也能在镜头前唱歌跳舞、弹琴画画、写诗写作……短视频为他们用另一种方式在另一个领域找到自我价值、实现人生意义提供了可能性。

就万君而言,在互联网的走红成了他人生中的意外插曲,就好像枯燥的打工生活被一束光点亮,"尽管还没通过学英语和短视频挣到什么钱,但今天我受到的认可都是和英语相关的,认同感都来自这里"。英语学习与工地打工截然不同,通过英语改变命运未必能发生在万君身上,但仅仅拥有对知识的渴望、对学习的热爱,并通过短视频去影响更多人,在农民工二代群体里已然是一种突破。很难说学习英语能够改写万君的人生,也不一定让他过上体面的生活,但因为英语,他的生活变得更有意义。

又一栋大楼即将封顶,万君的一个工友提前回老家,把电瓶车留给了他。走出工地,他去洗了一把脸,把脸上的泥浆冲掉，再戴上93块钱买的"华强北"蓝牙耳机，准备在回家路上练练听力。一个从北方来旅游的大爷找不到去酒店的路，万君把他的行李箱放在电瓶车上，载他到达酒店。大爷非要请他吃饭，他婉拒后离开了，路上买了一桶泡面。吃了面洗了澡，他写了一些句子，再拿起手机翻译出来，一遍遍快速朗读，直到每个单词刻在脑中，直到背得滚瓜烂熟，直到夜深了，工友们都睡了，村子安静下来，这是他一天中最清醒的时刻。

作者：张先森

大山里的Tony老师

山村支教亮亮老师
快手 ID：1323587711

侯长亮是一个纯粹的理想主义者，在山村支教，月薪880，干了十一年，家访万里路。他把自己化作一根火柴，在暗夜中微微闪烁，希望能点燃更多青年人才来坚守山村三尺讲台的热情。他心里面有一盏萤火之光，从未熄灭过。

"亮亮老师，下学期再来教我们。"十一年支教生涯，这句话侯长亮听过很多次，但他知道，这一次真的要说再见了。这是他最不忍面对的时刻，家长鞭炮齐鸣为他们送行，学生哭了，家长哭了，他们也哭了。

2011年大学毕业后，侯长亮先后赴广西、贵州和云南的山村小学支教。如果这个地方不缺老师了，他就前往下一个更缺老师的地方。所去的地方越来越偏，脚步越走越远。直到2022年和雷宇丹结婚，他们作为志愿者的身份难抵现实压力，不得不选择离开。

2018年以来，侯长亮在快手等平台用视频记录教学日常，给学生理发、和学生上山采笋、奖励学生猪崽、在学校拍婚纱照等视频数次登上热门榜单。但他真正想做的，是借助这些视频让人们思考乡村辍学、捐赠"乱象"、教材内容"城市化"以及教师流失等问题。"我也希望，有人来接我们的棒，但我不希望，你们像我们这样苦守这么多年。"

无法拉回的学生

"亮亮老师，今天去不去我家？"2012年7月的一天，学生小韦走到侯长亮身边，悄悄问他。他以为学生叫他去家里玩，便说："天色不早了，你家很远，下次老师再去你家。"女孩神情焦急，有些难为情地开口："老师，如果你不去我家，下学期我爸爸可能不让我读书了。"侯长亮心里一惊，四年级期末考刚结束，怎么就不让读书了？他来不及多想，拿起手电筒就和另一位老师踏上了家访的山路。小韦是侯长亮班上家和学校距离最远的学生，他们翻过一座又一座山头，才来到她家所在的山弄。天色渐黑，小韦家里点着煤油灯，侯长亮了解到小韦父亲原本准备让小韦跟着熟人到广东打工。经过侯长亮一番思想工作后，小韦父亲才最终答应让她至少读到初中毕业。

这次家访的成功，让侯长亮备受鼓舞。2011年大学毕业之后，侯长亮来到了广西河池的大化瑶族自治县支教。当时在大石山区，义务教育阶段的学生辍学率非常高。他开始到大山深处去家访，召回那些读着读着就不见了的孩子。

侯长亮支教的村庄，紧挨着七百弄乡，千山万弄。所谓"弄"，是指高山环绕之间的洼地。学校方圆数十里内就有1000多个这样的洼地，最深的有300多米，一个个

侯长亮给学生们发作业本

村寨分散在洼地的底部。山高路陡，他一走就是几个小时，有时甚至是一整天。狭长而崎岖的山道像一条长蛇盘绕在山腰间，这里的人们只能通过双脚去接触外面的世界。家访让侯长亮切身体会到贫困带来的苦难。大山里的孩子只有通过教育，才有更多机会脱离贫困，改变自己的命运。

支教第一个学期，侯长亮带的四年级有63个学生报名。他发现这个人数比上学期少了6个，有几个已经去广东打工，还有两个女学生在家里。对于已经在广东的学生，他无能为力，但通过家访，他把那两个还在家里的女孩劝回了学校。

"劝学"的执念与侯长亮的成长经历不无关系。他在湖南一个小山村长大，母亲体弱多病，父亲无法外出打工。侯长亮五年级那年，父亲好不容易去建筑工地打工。不幸的是，一年的血汗钱被包工头卷走，家里只能到处借钱，在孩子们开学前夕只借到了400元，但仍不够三个孩子的学费。哥哥初二便辍学去广东打工，在洗车场洗车，每月工资只有150元，但仍把大部分钱攒下来供他读书。想到当年的自己，侯长亮觉得这里的孩子还是应该尽可能地坚持读书。但不是所有的劝说都奏效，有些家长还是意识不到读书能够带来的改变。侯长亮对此有些自责："是我不够优秀，经验不足，做不到一个都不能少。"

2013年春节后，侯长亮刚从家乡湖南返回大化县城，就接到学校一位代课老师的电话："你班上一个女娃准备去广东打工了，正在去县城车站的客车上。"侯长亮急了，马上给客车司机打电话确认情况，然后上了那辆车。他走到女孩身边，问："你怎么才五年级就不读书要去打工？"女孩沉默不语。他接着劝说："你跟老师回去读书好不好？""不回去。"女孩的回答很干脆。侯长亮又说了很多道理，女孩还是没听进去。他转而跟她身旁的哥哥谈，想让他劝妹妹回校。哥哥没有跟妹妹说话，而是直接对他说："她不想读，不回去了。"侯长亮跟着兄妹俩到了车站，最后只能目送他们踏上前往广东的大巴，自己愣在原地许久。

侯长亮发现，山里有些家长觉得女孩花钱读书不如务农或外出打工。"早早就嫁人、生小孩，太遗憾了，"

侯长亮说,"这些大山里的女孩子,不读书只能继续困在贫穷中。道理很简单:人的素质不改变,永远是扶贫不扶志。"

支教最初几年,他见过很多小小年纪就辍学的孩子。而那些他带到小学毕业的学生,很多也止步于初高中毕业。"拉回一个是一个,能多读一年是一年"是侯长亮最朴素的愿望。因此,原本只打算支教两年的他,走着走着,就走到了第十一个年头。有人问他:"你在大山里坚守这么多年,图什么?"他的回答很简单,但话语中充满一个青年最朴素的理想主义:"我想用这种方式为社会做点贡献。"作为计算机专业毕业的本科生,他本可以留在城市找份好工作,但又觉得自己的人生不应该只有挣钱。他通过新闻,了解到偏远山区教育落后、学校老师紧缺,便萌生了去支教的念头。

在充满柴米油盐的现实面前,侯长亮的理想主义也

侯长亮去家访的路上

会陷入困顿。作为支教志愿者，他每个月只有880元的补贴。迫于经济压力，在支教两年后，他决定前往深圳工作。可是这个决定在他离开当天就后悔了。学生们来为他送行，他挥手再见，学生们唱起那首《再见》。车缓缓开动，孩子们不舍地追着汽车跑，车窗边的侯长亮泣不成声。他知道，自己还是放不下这些孩子。在深圳工作两个月，攒了3000多块钱，他又回到大山继续支教。

学校的Tony老师

2015年，侯长亮被评为"广西公民楷模十大新闻人物"。拿了奖，他心里却有些不安，觉得偏远山区还有很多坚守了多年的优秀教师，自己跟他们比起来不算什么，"加上我是农村长大的，面对聚光灯不太自信，很害怕那些东西"。当时的他正决定离开广西，因为学校又新来了两位在编老师，已经不怎么缺老师了。他便到贵州毕节的山村支教了两年，直到学校招到了8位在编老师，他又辗转到云南昭通的山区继续支教。

他没想到，在云南遇见了雷宇丹，收获了爱情。侯长亮第一次见到湖南老乡雷宇丹，是在2017年8月。在那之前，在上海工作的雷宇丹通过QQ联系到他，表示想到山村支教。考虑到她是女孩子，没有支教经历，他担心她把支教想得太简单，坚持不下去。每年联系他要来支教的人很多，最终能来并且能坚持下来的寥寥无几。于是，他决定带雷宇丹一起去走访云南昭通的学校，让她实地感受后再做决定。这一次的同行，被侯长亮和雷宇丹认为是两个人爱情的开始，但他们并非一见钟情，往后的故事也没有轰轰烈烈，有的只是志同道合者的相濡以沫。

侯长亮和雷宇丹所在的学校，是典型的因自然环境恶劣而留不住老师的偏远山村教学点。他们从湖南老家出发，需要从湖南洞口乘高铁到怀化，再从怀化到贵州六盘水中转，然后从六盘水坐火车到云南昭通，最后步行两个多小时，翻过乌蒙数个山头才到达学校。

刚开始，学校一本课外书都没有，学生又渴望读书。侯长亮和雷宇丹在网上发起课外书募集，之后书籍陆续寄到街上的快递代收点。他们第一次去取包裹时，才发现自己把包裹大小估计错了——37本课外书，80套美术和手工用品，足足80多斤。他们从村民家借了两个背篓，把所有包裹拆了，使劲往背篓里塞，走起路来摇摇晃晃的，像两个风烛残年的老人，从山下背到学校走了3个多小时。这样的路，在之后的两年里他们走了很多次，直到2019年通了公路，他们才用摩托车把物品运送上来。

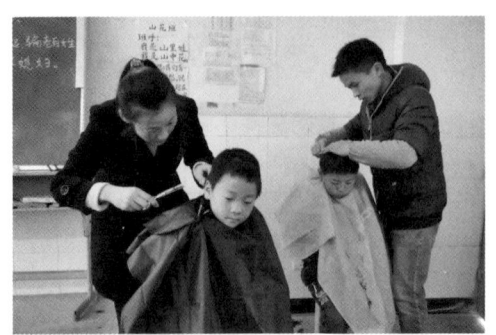

侯长亮和雷宇丹给学生理发

云南昭通的天气并不友好,一年四季大雾弥漫,阴雨湿冷,冬春多雪,风雪中爬山做家访是侯长亮和雷宇丹的常态。2018年年初,昭通的"冰花男孩"走红网络,但在侯长亮看来,整个乌蒙山区有成千上万的"冰花男孩"。他们学校的很多孩子也要冒着风雪走一个多小时路来上学,等到了学校,头发都冻成了冰针。

山区很多孩子学习基础差,雷宇丹就花课外时间一个个辅导。她让他们从一年级的知识开始学习,周末去这些学生家里辅导,费尽心思。侯长亮用视频记录了雷宇丹的教学日常,她教孩子们读书、弹琴、吹笛、练毛笔字、跳竹竿舞,甚至给他们洗头、理发。雷宇丹最初担心自己理不好,侯长亮就特地把头发留长,让她先给他剪,练练手。后来,找他们理发的学生越来越多。有的学生很久没洗头,头上长了虱子,他们给学生洗头,一边剪一边教导学生养成良好的卫生习惯。侯长亮和雷宇丹并没有图方便,每个人都用推子推,而是针对不同的头型设计发型,每次都尽量剪得漂亮些,让学生们高兴。

他们不仅成了学校里的"Tony老师",也是修理工。冬天连续低温时,水管就会结冰,学校断水,他们基本每天都要往山上水井跑,疏通水管,有时一天要跑两三趟。除了修理水管,他们还要在学校做饭、守门,以及和学生一起到深山密林中采竹笋。

授人以鱼,不如授人以渔

侯长亮和雷宇丹来到昭通的学校不久,就有班上的学生问他们:"老师,明年春天的时候,你们和我们上山打竹笋么?可以卖钱的。"他们才知道,原来昭通的高山上生长着国内稀有的罗汉竹。每年春耕季,村民一边忙着种庄稼,一边忙着上山打竹笋——当地人把"采竹笋"说成"打竹笋"。这是村民和学生挣钱的好机会,尤其近年受到疫情影响,很多人只能"靠山吃山",采点竹笋补贴家用。

这时候到了周末,侯长亮和雷宇丹也会跟着学生们

侯长亮和学生一起上山采竹笋

去采竹笋。他们带上干粮和水,穿上雨鞋,胸前挂着围兜,背着蛇皮袋,穿梭在深山竹林里。竹矮林密,学生低头弯腰在其间爬行,蹿来蹿去,手套也不戴就麻利地掰起竹笋。他们将上百斤重的竹笋装在蛇皮袋里,赶在下午四五点前背回家,削掉笋壳,当天就卖掉,否则损失水分了就卖不到好价钱。除了周末,学生们下午放学后也常去采笋,虽然只能去几小时,但也能挣二三十元。经常有孩子缠着侯长亮问:"老师,今天可不可以放学早一点?我们要上山打笋子,放学晚了笋子就被别人打完了……"

侯长亮把学生采摘山货的视频发到网上,漫山遍野的蕨菜、金钱花和蒲公英,学生们一根根摘下来,一捆捆、一袋袋摆放整齐,再卖给收购方。有网友说,这些孩子太可怜了,但侯长亮不这么认为。他班上有个女孩采竹笋挣了1000多块钱,学习也没落下,成绩名列前茅;还有个男孩,买衣服、学习用品的钱都是靠自己采山货挣来的。"挣钱是一方面,"侯长亮说,"更重要的是,学生内心的这份喜悦和自信,是通过辛勤劳动获得的。"有一回,他看到几个学生手上拿着零食,本想教导他们少吃点零食。可走近听到一个女孩说:"这是我打笋子的钱买的,剩下的钱放我爷爷那里。"他打消了劝说的念头,因为这是孩子的劳动回报,他没理由阻止。教大山里的孩子健康地挣钱、健康地花钱,成为侯长亮和雷宇丹教学的一项重要内容。

2022年年初,他们联系了一个公益基金会,给20名成绩优异的学生每人奖励了一头小猪。他们给每头小猪编了号,方便后续家访了解情况。"小猪"也成了学生们课余的聊天话题。有时,还没轮到去哪个学生家看他的小猪,学生反而急了:"老师,哪天去我家看我的小猪?今天去不去?"有一次,他们去一位一年级学生家看小猪,学生爷爷自豪地说:"不是我吹,20头小猪怕只有我们家的最大。"这是侯长亮和雷宇丹想看到的结果。他们不希望学生过于依赖他人的捐赠,从而产生不劳而获的想法,认为贫穷就理应得到帮助。"我们给学生奖励小猪,这个奖励是升值的,并且要通过劳动和付出才能升值,这是奖励,更是激励。"

支教数年,只有特殊情况侯长亮和雷宇丹才会发起募集,"但这是救急不救穷"。他们不主张一味地通过物资和金钱捐赠来帮助大山里的孩子。刚到云南时,除了书籍,其他的物资他们都不接受捐赠,"授人以鱼,不如授人以渔"。

侯长亮分享过一件小事,有天他在学校走廊吃早饭,一个一年级的男孩走到他身边说:"老师,昨天放学我做完作业后去摘金钱花卖了3块钱。"小男孩仰着小脑袋,像是在宣布一个天大的好消息。"那种自豪感,是通过劳动得到的,你给他捐赠3000块钱,都起不了这个作用。"

捐赠乱象与"城市化"教材

给学生奖励小猪的视频在短视频平台爆火,很多人给侯长亮发私信,想捐赠物资。他随机回复了一些,婉拒了很多人的爱心。有时候留言和私信太多,他就开直播解释他们为何不接受捐赠。

支教前两年,侯长亮在网上募集了一些教学物资。快递只能寄到县城,每次去取要花一天时间。若赶不上回来的车,还得花住宿费,几趟下来,880元的生活补贴所剩无几。后来,他干脆不募集了,直接用这笔补贴去买,反而可以少花些钱。

侯长亮被捐赠弄怕了。有次他的支教地址被人公布在网上，他收到了大量旧衣服，花大量时间去领取和整理。"可笑的是，有些人连内衣内裤、高跟鞋、超短裙都捐了过来。"后来每次把地址发给别人，他都会嘱咐一句"请不要公开我的支教地址"。一些爱心人士来学校考察，他会事先跟他们说不要带任何物资过来。后来联系他要捐钱捐物的，他一般也都拒绝了。他最常挂在嘴边的一句话是："没有好的老师，再豪华的教学楼不过是石头水泥而已；没有好的老师，再先进的教学设备不过是钢铁塑料而已；没有好的老师引导，过多的物资捐赠只会让孩子依赖他人，产生不劳而获的心理，害了这些大山里的孩子。"

他有几个做公益的朋友，每次到村民或代课老师家，不会直接捐钱捐物，而是以高于市场的价格购买他们的农产品。"这种情况村民都乐意接下钱，因为他们的劳动得到了尊重和回报。"侯长亮和雷宇丹则把十几次上山采的竹笋，做成笋干送给这些做公益的朋友。

这些年，侯长亮和雷宇丹见过很多"公益乱象"：有的学校，旧衣服堆满一整间教室；有的把捐赠的电脑和体育器材堆在杂物室都生锈了，也没老师会用；还有的学校，大量课外书成了摆设，落满灰尘，没有老师引导学生去读，甚至有孩子拿课外书来擦屁股。"还有的人，不是为了做教育和公益，而是大搞仪式，为捐而捐，"侯长亮说,"尤其在短视频时代,哪个学生伙食最差,衣服最旧,房子最破,用视频拍出来,再拉个横幅,就可以发到网上蹭流量。"他们见过有公益组织让孩子拿着东西或钱进行各种摆拍,也见过所谓的爱心人士做宣传时最常说的一句话是"希望你们努力读书,走出大山"。"但没有人叫他们走出大山后,不要忘记家乡、帮助家乡。"

侯长亮和雷宇丹所在的学校贴有一句标语:"乡村振兴必先振兴乡村教育",但乡村教育的现状却让他们感到困惑和忧虑。乡村教育是为乡村造就人才,有人才回流才是真正的振兴,然而"整个社会的价值导向却叫孩子离开农村、走出大山,在大城市才算出息"。

此前,"人教版"教材插画的话题被广泛讨论。侯长亮借此机会也向出版社和相关部门提出建议,认为目前的教材太过于"城市化",希望多一些乡土元素。在教学过程中,侯长亮和雷宇丹发现,很多教材、练习册和试卷越来越"城市化",习题多以"高楼、电脑、汽车、商场、博物馆"为描述对象,几乎没有"田野、牛羊、水稻、砍柴"等贴近农村生活的元素。"完全是站在城市孩子的角度去编写的,那么山村孩子的根在哪里体现?他们对家乡的认同感在哪里体现?还怎么教育他们热爱家乡、反哺家乡?"

2023年,侯长亮上二年级数学课,一个孩子拿着课本问他滨河公园、游乐场是什么?那道题要调查班级同学最喜欢去哪里春游,分别有多少人数。学生不懂这些场所,侯长亮有些尴尬地回答说"我们这儿可能没有"。"不是说教学对象是农村的孩子,教材就完全以农村元素去编写,孩子们需要了解城市。比如,我会讲一讲高铁、动车、火车的区别,还有城市说的'一栋'是指一个单元,一个单元又有几户,我就画简单的线形图,跟他们解释。"侯长亮说。

他和雷宇丹在课堂教学中也会结合农村生活的例子,把学生带到后山写生、写作文,要求描绘的对象是山上看到的一切。比如,当孩子们去山上采竹笋时,让他们思考采了多少斤,削壳后多少斤,一共卖多少钱。他们还鼓励学生,把采竹笋的精神用在学习上。

未曾熄灭的萤火之光

2022年6月,侯长亮和雷宇丹所在的向阳小学即将撤校合并。他们没有联系别的学校,打算结束多年支教生涯。回到湖南后,他和雷宇丹开始准备婚礼。此前,他们将婚纱照的拍摄地点定在支教学校,把乡村教育元素融合进来,和学生一起拍婚纱照。后来,这组婚纱照在网络平台走红,新华社等媒体纷纷转发点赞,但也有人质疑，认为他们在"作秀"。侯长亮心想，作秀就作秀吧，如果能让更多人看到偏远山村缺少师资的现状，从而参与到乡村教育事业中，这样的"秀"他愿意一直作。

多年来，侯长亮其实很少考虑过归期。但在山里支教越久，他心里对家人的亏欠感越大。2014年，家里出资翻修房子，父母出了一部分，兄弟出了一部分，他没有出钱。家里人没说他什么，但他心里有点过意不去。2022年他和雷宇丹领证后，年迈的父母也会催促："你们也要考虑小孩了，在山村住宿什么的都不方便。"

每个月只有880元的支教补贴，实在难抵现实压力。有朋友关心他们："你们支教这么久，为什么不考进体制内呢？这样就可以多点收入。"他说理由很简单，在编老师要花很多时间去应付与教学无关的事情，这样的教育有些不纯粹了，他们没有那个精力，"我们支教不是为了钱"。

侯长亮见过不少在山里坚守了很多年的代课老师：甘肃硬山的顾老师前后在三村代课二十六年，到60岁临近退休时仍在为养老发愁；在黄土高原坚守超过四十年的杨老师，村里修公路之前，每次开学要拿着麻花袋去县城扛课本回来，来回要走三天三夜；他们学校的农老师，代课十五年，如今每月工资800元，周末需要采竹笋补贴家用。他和雷宇丹帮学校的代课老师种过天麻，卖过豆腐。侯长亮把这些代课老师称为"大山的守护神"，

侯长亮和雷宇丹同学生一起拍婚纱照

向留下来的这些英雄致以深深的敬意,但来到人生的下一个阶段,他不得不选择离开。最难割舍的,当然还是那些山里的孩子们。每个学期结束,总有学生问他:"老师,你们下学期还来么?"而当他们新学期来到学校时,学生便闻讯赶来,一边喊"雷老师,亮亮老师",一边张开双臂向他们飞奔扑来,将他们抱住。

离开那天,雷宇丹在村民的鞭炮声中泣不成声。研究生毕业后,她原本想着支教两年,没想到一来就舍不得放下这些孩子,把青春最好的五年时光都给了大山。侯长亮则百感交集,感动、伤心、纠结、遗憾、不舍、无奈……

在侯长亮的快手主页,有他和雷宇丹的教学日常,还有各种生活日常:他们和学生一起上山采竹笋,走山路去家访，给学生理发，在田地里施肥，帮代课老师卖豆腐，时不时还隔着屏幕请老铁们吃山货……他们把简陋的生活过成了一首诗。短视频的记录让人们看到两位支教老师在山村孩子身上留下的清晰印记，也让更多人关注到了乡村教育的现状，这些为侯长亮的志愿之路打开了新的窗口："就算我以后不支教了，我也会做这方面的公益，重点还是在乡村老师。"

这些年，他们把自己化作一根火柴，在暗夜中微微闪烁，希望能点燃更多青年人才来坚守山村三尺讲台的热情。"我也希望，有人来接我们的棒，但我不希望，你们像我们这样苦守这么多年。"

2018年5月，侯长亮收到一条QQ消息，是当年那位"如果你不去我家，下学期我爸爸可能不让我读书了"的小韦发来的。那次家访后，她爸爸答应让她至少读到初中毕业。那天小韦告诉侯长亮，初中毕业后她去读了学前教育，如今已经是一名山村幼儿园老师。

看到小韦发来的消息，侯长亮感到欣慰，恍惚中又回到了那天家访的情景。那晚家访结束，小韦担心他们不认路，便送了他们一段路。路上见到萤火虫飞舞，一闪一闪的。他问小韦："萤火虫用瑶话怎么讲？"小韦告诉他：mi nuo。这是他学会的第三句瑶话，第一句是学校师生都经常说的"吃饭"，第二句是家访路上，村民遇见他总会问："老师，今天到哪里去？"因为那次家访，侯长亮至今仍清晰地记得萤火虫用瑶话怎么讲，也永远记得鲁迅先生的那段话："愿中国青年都摆脱冷气，只是向上走，不必听自暴自弃者流的话。能做事的做事，能发声的发声。有一分热，发一分光，就令萤火一般，也可以在黑暗里发一点光，不必等候炬火。"十一年支教生涯，万里家访路，这段话给过侯长亮很多前行的力量。无论坚守还是离开，侯长亮知道，自己心里面还有一束萤火之光，从未熄灭过。

撰文：张先森

失去左腿的"钢铁侠"

小宇吖
快手 ID：201206995

命运跟梁开宇狠狠地开了一个玩笑，因为意外失去了一条腿，却也意外地走上了假腿的魔改之旅。他从不掩饰自己身体的残缺，也不怕被人看见。他最大的希望，是能鼓励更多像他一样的残障者，能够重新生活在阳光下。

对一个年轻人来说，失去一条腿意味着什么？

截肢时，梁开宇28岁。在最好的年纪遭遇如此严重的创伤，他戏称自己是"被知识改变命运"——因为缺乏安全知识，他的左腿在一场实验中被炸断，从此只能用冰冷的硅胶和钢板来代替，大腿往下的接受腔包裹着残肢，由一根钢柱连接着接受腔、假关节和假脚。很多肢体残障人士习惯给义肢裹上一层近似人体肤色的"外包装"，让它看起来更像真腿，长裤遮起来可以伪装成健全人。但梁开宇是个例外，他喜欢穿短裤，或者卷起裤管露出义肢，让他的义肢更显眼。

梁开宇喜欢户外运动，为此动手改造自己的义肢：安装LED灯、增加快拆接口、加装充电接头、升级避震器等等，让这条义肢拥有更多功能，看起来更炫酷。他露出的义肢或镂空渐变，或灯光闪烁，多了些"赛博朋克"的感觉，有人将他称作现实版的"钢铁侠"，毕竟在真实生活中，看到一个充满科技感的"人机结合体"的概率极小。但与此同时，这条会发光的腿让他的"缺陷"更加显眼，路人会迅速将目光聚焦到他的义肢上，上下打量。自从成为一名短视频创作者，梁开宇已经习惯了这样的目光，他试图通过自己进行义肢改造的视频，鼓励更多肢体残障人士接受自己的不完美，去创造生活的更多可能。

以下是梁开宇的讲述：

改变命运的事故

2022年4月,我在快手上发过一条视频,标题叫"自制两轮'不倒翁'电动车之我的腿是怎么没的"。有网友只看标题,觉得我夸大其词,以为我只是腿折了或扭伤了,没想到真的截肢了。四年过去,如今我逐渐对这场改变命运的事故释然了。

我是山东济宁市梁山县人,32岁,截肢前是一名从事非标自动化设备设计研发的工程师,在老家开了一间工作室,根据客户的需求设计各种专用的工业设备。同很多沉迷机械改造的工科男一样,我业余时间也喜欢改造各种器械,捣鼓一些有的没的。

几年前,我看到有国外科技博主自制自动驾驶的两轮平衡车,觉得挺酷的,也自己动手改造了一个。虽然知道它并没有什么实际用途,但远程遥控电瓶车在小院里遛弯让我很有成就感。实现车辆平衡要用到"陀螺仪",因为高速旋转物体的旋转轴可以让电瓶车始终处于"不倒"的自动驾驶状态。但要达到这个状态,就需要陀螺仪的转速足够大,每分钟至少上万转。当时我一心想让车子的平衡性更高,头脑一热,就把陀螺仪转数不断调高。接着,意外就发生了。

那是2020年年初的一天,也是我人生中最不堪回首的一天。我改造的陀螺仪因为转数太高发生爆炸,机床

梁开宇和他的义肢

的铸铁都没扛得住炸裂铁块的冲击,屋顶也被炸出几个洞,其中一个铁块把我的腿炸伤了。爆炸发生后,我被抬上了救护车。当时意识还算清醒,但我已经做好了最坏的打算,还拿出手机录了段视频作为遗言。后来辗转到市里大医院抢救时,我心里明白左腿是保不住了,就跟医生说:"截吧,麻溜地。"

在医院抢救的过程和细节我记不清了,只记得再次醒来时,我的左腿不见了。截肢后住院的那段时间,肉体上的痛苦掩盖了很多情绪,但等疼痛逐渐退去,悲伤和迷茫袭来的长夜最为难熬。我常常盯着天花板问自己:我还能拥有正常的生活吗?活下去的价值和意义是什么？那时候我老婆的预产期临近，也在住院，两个人躺在不同科室的病房里。没多久，我们迎来了第二个孩子。我知道自己必须振作，想办法重新站起来。为了让家人放心，我在大家面前表现得乐观坚强，总是笑着说："没事儿，不就少了一条腿嘛！"但一个人的时候，没少偷偷抹眼泪。

装义肢之前，大部分时间我只能在床上躺着，连上厕所都要家人帮忙。幻肢痛也一直在困扰我，这是截肢手术后常见的并发症，总觉得自己的左腿还在，但用手一摸，确实是没了，裤管空荡荡的，灌满了风，刀割般的痛感也一直存在。躺着的时候，我不停地刷短视频，看到很多人由于各种原因被迫截肢，但通过义肢也能回归正常生活。这让我看到了一些希望，心想腿虽然没了，好歹性命保住了，至少还有重新开始的机会。

几个月后，我终于盼来了装上义肢重新站立的这一天。但也许是对义肢的期待过高，很快我就遭受了打击。我没想到重新学习走路会这么难，像二十多年前开始蹒跚学步那样，一次次摔倒再爬起。截肢摧毁了我对身体力量的控制感和协调性，依靠义肢站立和行走时，每迈出一步都像在踩高跷，一不小心关节打弯，整个人就跪着摔了下去。

与义肢磨合的过程也很痛苦，我已经记不清残肢和接受腔衔接处的皮肉被磨出水泡甚至磨出血了多少回。

我必须咬牙忍着痛做步态练习——迈步、踢腿以及在坡道和楼梯行走。刚开始我只能勉强站起来，双手扶着栏杆缓慢移动。两周后，我慢慢拄着拐杖松开栏杆行走。一个多月后，我终于丢掉了拐杖，一瘸一拐地靠义肢实现了独立行走。

义肢的魔改之旅

义肢再智能，失去一条腿的生活终究有很多不便，比如无法下蹲，只能用坐式马桶；脱掉义肢后不能站着洗澡；夏天容易出汗，残肢与接受腔衔接不稳当，经常要脱下义肢擦汗。等到这些挑战一一克服，新的困难又来了，由于残肢逐渐萎缩，接受腔和义肢长度都出现了偏差，导致我走路一高一低，使用义肢的体验感变得很差。

把义肢拿去义肢公司调整或者重新定制，过程都很麻烦。但现实情况是，我一天也离不开义肢，因此索性做回老本行——在给客户做工业设备的同时，开始尝试自己动手改造义肢。我大学是学工业的，虽然和机械是两码事，但工科的底层逻辑相似，电路、软件、机械这些我都懂一点，我的工作室也有相关的设备和工具。和当初做平衡车的实验一样，有改造义肢的念头后，就停不下来了。我开始研究义肢的构造、设计图纸、编程、建模、打磨零件、组装调试。我制作了一个快拆接口，借助这个配件，我就可以在有需要时快速将义肢摘下来，而不需要拆卸螺丝，这样方便很多。

从那以后，我开始对义肢进行"瞎改胡造"。市面上的机械义肢往往会优先解决残障人士的刚需，但一些细节设计还不够人性化。而我作为真正佩戴义肢的人，希望义肢能实现更丰富、便捷的功能，让肢体残障人士找到两条腿都还在的感觉。于是我又调整了义肢的脚板踝关节，让它的弯曲程度更大，能够更好地识别步态，同时实现两腿蹲坐的姿势，这样在没有马桶的条件下也能蹲着上厕所。有次我灵光一现，把山地车的后胆加装到义肢的踝关节位置，发现它能起到防震作用。于是我给义肢加装了更好的减震器，这样跑起步来更舒适快速。普通义肢的电池只够用两三天，我给自己的义肢安装了一个充电的磁吸接口，轻轻一吸，就能随时用充电器和充电宝给义肢充电，解决了我的"续航焦虑"。

当初为了练习走路，我特地买了一台跑步机，但前期适应好佩戴义肢走路后，这台跑步机就放在角落吃灰了。2022年，我给跑步机做了升级改造，加装了轮子、电机、电瓶和双轮驱动单手遥柄，人站在上面就能开着跑步机到处晃悠，正着走、倒着走都没问题，锻炼也没有

梁开宇和快手吉祥物小六

了场地的限制。

刚开始,我在快手平台发视频,很多人给我留言鼓励,后来鼓励变少了,大家关注的重点不在我截肢的悲剧上,而是更多地提出建议和想法。之前有网友问我,能不能在义肢上装个涡喷发动机,成为真的"钢铁侠"。我希望未来可以做一些多功能集成的义肢,里面有储藏结构,就像大家用的瑞士军刀一样,小巧、实用、方便。

有网友说自己出了车祸,戴了义肢之后步态不好,也不愿意出门见人。还有网友说自己戴义肢十几年了,一直穿着长裤,成功瞒住了身边同事。可十几年如一日待在家里、藏在人群中,是真的面对生活吗?从截肢后拍视频的那天起,我就想要做一个被更多人看到的残障者,这样大家才不会对这个群体感到陌生。为了鼓励其他残障人士接受现实，积极面对生活，我给义肢加装了LED灯带，拍视频给大家看。从决定装LED灯带到改造结束，只花了12个小时。走在夜色里，我的小腿不停地闪光，十分扎眼。后来我又设计了7种颜色的LED灯带，安装在义肢上，通过连接手机蓝牙，可以控制灯带的颜色和灯光模式。我戴着它到户外和大妈们跳广场舞，左腿灯带会随着音乐节奏有律动地闪烁。

以前我是比较内向的工科男，也不爱社交，没想到有一天我也能变成"蹦迪达人"。我很喜欢晚上戴着这条LED义肢出门。残疾人一般很少出现在公共场所，我偏要做一个显眼的残障者。残障、截肢，对我来说从不是什么禁忌词汇。我的粉丝中，一部分是拥有同样经历的义肢穿戴者，还有一部分是认为我的义肢改造很酷而被吸引的身体健全者。四年来，义肢不仅是对身体缺陷的弥补，它也是我肢体的延伸。我从未把它当成一个不真实的替代品或掩饰品，它是我身体密不可分的一部分，既能帮助我正常活动，又能展现个性和自我。当我坦率接受义肢时，那场爆炸带来的痛苦和阴霾算是真正离我远去了。

拥有十几条独一无二的义肢

我从小就爱捣鼓，喜欢研究，后来把自己的腿给"研究没了"。直到现在，我还在想着怎么把这条腿再"研究回来"。人生就是这样充满戏剧性，我从未想到自己的第二个工作室是专门为义肢准备的。2022年，我在这个工作室造出了第一条义肢。外形上，我模仿了特斯拉的Cybertruck，棱角分明。虽然样子丑了点，但它对我来说意义非凡，算是给自己交作业了。

现在，我家里有十几条义肢，有的是淘来的二手宝贝，有的是自己改造的，每一条义肢对我来说都独一无二。我经常拍摄开箱视频，给大家介绍不同品牌义肢的特点和功能。现代义肢已经非常智能化，可以通过陀螺仪和传感器判断动作，会自动调节液压油缸的阻尼，方便我们走路时进行弯曲。它还有很多模式和功能，可以去骑车、跑步，甚至打球。

在这些基础上，我仍在琢磨着怎样把义肢改造得体积更小、动力更强、成本更低。改装过程中，我遇到过很多困难，比如受限于资金、设备、材料，做出来的东西与自己想象中存在很大差距，只能自己想办法一遍遍地尝试，做出来感觉不合理就再改。

在这个过程中，我发现目前国内外的智能义肢研发存在不小差距。国内智能义肢在技术研发上起步较晚，因为这个领域很冷门，涉及的社会人群太窄，很多公司不愿意投资这类项目，担心回报率太低。这也导致国内康复器材领域的发展相比国外落后了不少。没人参与的话，我们就只能跟在别人后面走。好在现在国内不少企业已经开始注重研发自己的智能义肢产品了，这个差距在不断缩小。经营公司、运营产品不是我擅长的内容，我更适合搞技术。作为一名义肢使用者，我可以感同身受地去设计、制作和调整。但一个人的能力有限，我希望能与各个领域的专业人士共同完成。

目前市面上智能义肢的价格往往较高，从几万到几十万不等。考虑到每位截肢者的情况不同，使用定制义肢是最好的。但定制义肢的生产速度缓慢，维护和保养成本较高，价格更加昂贵，很多患者根本用不起，此时再尖端的技术对于他们来说也意义不大。我之前专门买了更好的3D打印机，通过这种经济实惠的制造技术，让机器搭配不同的材料，提供简单的定制，这可能是未来制造价格合理的高性能义肢的一个方向。我还设计并打印了一批义肢接受腔的放置支架，免费送给有需要的人。因为接受腔的维护需要保持良好的卫生环境，睡前清洗干净，自然晾干，可以降低过敏率，也可以延长其使用寿命。目前这批支架已经送出了几十个，未来有更多朋友需要的话，我还会继续做。

我接触到不少截肢的朋友，他们还有一个困扰是义肢尚未被纳入医保，可供选择的品类也不多。因此，我开始思考如何推进残障人士在养老方面的福利保障，让老年残障者就算缺少义肢的支撑也能"老有所依"。想想我到了六七十岁，年迈体弱，就算佩戴再好用的义肢，也会面临行动不便的问题。所以这个"老有所依"的构想值得我不断思考与实践，这是一件比做一条会发光的腿还要更酷的事情。

希望光明正大地被看见

截肢后我曾一度自卑，害怕掀开被子看到空荡荡的裤腿。但重新站起来，接受自己的身体并拿出手机记录这一切后，我发现外界的眼光和评价已经不重要了。我不想掩饰自己身体的残缺，也不怕被人看见，希望能够光明正大地被看见。

网络上难免会有批评的声音，说我故意博眼球、都这样了还穿短裤等等。这几年来我慢慢学会忽略这些声音，平和地看待各种目光。我想给更多残友带去信心和力量，让更多失意的人看到我的经历后觉得：这小伙子缺条腿也能很酷，他这样都能坦然、积极面对生活，人生还有什么过不去的坎啊？我也欣慰地看到，近年来有

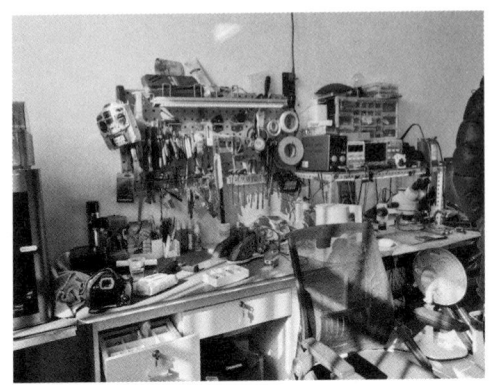

梁开宇的工作间

越来越多愿意露出义肢的视频博主，他们的创作让大家改变了对截肢者的刻板印象，打开了对义肢的想象。有很多残友大胆地展现自我，去健身、跑步、骑行，积极拥抱生活，用他们的身体和故事告诉大家，只要接纳自己的不完美，你就是一个健全的、值得被尊重的人。

中国有几千万肢体残障者，但在大街上几乎看不到他们。对一些残友来说，他们或许不缺一个好的智能义肢，而缺少健康的心理引导。如果截肢后过不去这个坎，总觉得自己跟别人不一样，不愿出门跟人打交道，甚至消极厌世，就算拥有最顶尖的义肢，也无法修复内心的伤痛，回归不了正常的生活。这也是我之所以后来拍摄康复视频，喜欢穿戴LED灯带义肢出去遛弯的原因。有的人会投来好奇的目光，还有人会特意凑过来询问，我会耐心跟他们讲解义肢的各种功能，不会感到有什么压力。出门在外我最喜欢和小朋友聊天，因为他们最好奇，也最愿意跟我聊。他们会问我为什么戴这个，我也会直白地告诉他们我截肢后装了义肢。有的小朋友会觉得我的腿很酷，像变形金刚或者动画片英雄，露出崇拜的目光，我就向他们嘚瑟一下，给他们演示义肢的一些功能，彼此都很开心。

受伤前我不太运动，截肢后我反而对运动特别渴望，蹬着一条真腿到处跑。借助义肢，我可以在公园里蹦跶，在操场上跑步，玩滑板，骑着自行车兜风，甚至去北京爬长城，去三亚游泳。随着科技进步，未来有一天或许我能真的像钢铁侠那样冲向天空。

截肢两三年内我没游过泳，虽然在陆地上基本可以像正常人一样运动，但我内心一直渴望到水里去，夏天去海边玩时这种想法更加强烈，但我又不能像健全人一样优雅地划水。2023年，我搞来一个水下助推器，以此为基础打造新的义肢。为了降低试错成本，我先使用3D打印调整好发动机支架的尺寸，再用硬度高、重量轻的航空铝作为材料，经过一个月的制作和测试，我的水下推进器义肢大功告成。

2023年9月，我买了去三亚的机票，带着这个助推器改造的义肢来到海边，在众人的围观中一头扎进水里，爽快地体验了一次浮潜。为了记录自己的腿部视角，我还为义肢加装了摄像头。在海里，我甚至不用动就能"游"起来，感觉就像开车一样，我只要掌握方向和油门，剩下的交给推进器就好了。我可以像鱼儿般遨游，有一种在海底星空飞翔的错觉。我的肢体缺陷，但那一刻好像拥有了超能力。原来我的那条腿并没有丢，它只不过换了一种方式陪伴着我。

撰文：张先森

女性篇

打破偏见,
撕掉标签

生活在卡车上的女人们

河北开卡车的~田娜　快手 ID：69105376
江苏倩姐　快手 ID：178939040

在货运这个以男性为主导的行业中，女性的劳动常常被视为是无偿的、不被看见的。她们和丈夫共同承担压力和风险，是她们撑起了在公路上流动的家，她们既在卡车上育儿和操持家务，也是驾驶室里不可或缺的司机。比起"卡嫂"这个依据丈夫的职业而命名的称呼，她们更应该作为独立的个体被看到。

据2020年数据统计，中国大约有1728万卡车司机，常年生活在公路和驾驶室。在这个高危、容易倦怠的旅途里，还有一群人隐身在后面，她们是男性卡车司机的配偶，通常被称为"卡嫂"。学者马丹长期关注女性卡车司机和卡嫂的生存境遇，她曾估算我国的"卡嫂"群体约1482万人，跟车"卡嫂"约317万人。她们和丈夫一起为中国74%的货运量贡献力量，但她们的声音于大众而言却是隔绝的。

"卡嫂"，这个依据丈夫的职业而被命名的称呼，远远不足以代表她们这个群体。来自河北的田娜，开车、跟车十二年，练就了过硬的驾驶技术，也曾听到货主说"早知道是女的就不给这个单子"；来自江苏的祁倩倩，在公路上寻找自我，逃离流水线去开卡车，后来选择从事道路救援，帮助更多"卡友"……她们开车、做饭，互相帮助，也尝试直播展示技能或带货，以提高家庭收入。但在真实的"隐形困境"之外，她们还得在夹缝里努力握紧自己生活的方向盘。

A2驾考"唯一的女司机"

2023年2月24日,在河北河间,田娜一早就等候在驾校门口,这是她A2半挂驾驶证路考的日子。田娜注意到,她报名的A2驾照,无论是考试还是练车,都只有她一名女性。来考试时,教练们都问她:"你一个女的,考A2驾驶证干啥?"她也只是笑笑说:"那肯定是有用呗。"

A2驾照是最难考的货运驾照之一,田娜跑车多年,像她一样的B2女司机不多,A2女司机更是寥寥。一个多月前,她一次就通过了理论考试,这天来路考,仅科目二就包括16个场地测验项目。测试时,田娜需要踏上13米长、载重以吨计量的半挂牵引车,要驾驶通过和车宽几乎等齐的限宽门,还有场地模拟的湿滑路段、连续急弯山区道路,这相当考验司机的技术和心理素质,但田娜觉得不能畏难。

这样的急弯在田娜的卡车生涯里确实也算不上艰难。一年前的春天,故乡河北绿树冒青芽的时候,田娜随驾驶半挂卡车的丈夫深入西藏,送当地道路基建需要的钢筋。他们走214国道,这条国道是万千旅人向往的圣地,但田娜无心看风景。途经青海玉树时,落了雪。丈夫开车驶过泥泞狭窄的山路,紧接着是无止境的转弯和上坡。有段盘山路没有护栏,一个多小时的路程里,驾驶座上的丈夫屏息凝气,田娜也不敢出声,坐在下卧铺帮他看路。车窗玻璃外,车身左侧是石壁,右侧就是悬崖,浑黄的河水奔腾而下。终于将物资送给货主后,他们和同去的卡友一起回程。田娜家的卡车最大,跟在最后。

路过一处矮山,田娜突然听到车窗外轰然一声巨响,她的身体也随着卡车一阵震动。他们遇到了泥石流。丈夫下车查看,田娜赶紧去摸手机想要打电话救援,但手机没有信号。两人呼喊前面的司机帮忙,但他们的声音被淹没在隆隆的风里,同行的卡车已经开远了。丈夫决定徒步去寻求救援,田娜留在车里等待。两个小时过去

田娜在路上

了，她从未觉得时间可以如此漫长。终于，她远远看到丈夫踩着泥泞，身后跟着一辆装载车。好心的藏民、同行的卡友赶来帮助他们，大家齐心协力将车子拉出泥淖。两人都有劫后余生之感，她记得丈夫说"这一趟之后，以后再高的运费也不来这里了"。这是田娜和丈夫十二年卡车生涯里最惊险的一次货运。

田娜是个80后，来自河北农村，她个头不高，长着张娃娃脸，说话时眼角总挂着笑意。2011年，田娜和从事农机修理的丈夫结婚，婚后不久，两人花光积蓄买下第一辆二手货车。九年间，又先后换成4.2米、9.6米的高栏卡车。卡车司机一跑长途货运就是几千公里，一个人开车赶路太累，为避免疲劳驾驶造成事故，通常需要两位司机轮换开车和休息。田娜和丈夫背着车贷的压力，请不起月薪几千甚至上万的驾驶员，田娜便去考了C本驾照，坐上了副驾驶，后来又增驾了B本驾照。

跑车前十年，夫妻俩的分工中，丈夫通常负责路况更难的白天和午夜时段，田娜则在后半夜值班。当丈夫开车太累，或者即将开满4个小时——北斗系统识别司机连续开车的最高限度，丈夫需要休息，田娜就插上自己的司机卡，轮班开上几百公里。

直到2021年，夫妻俩换了辆13米的半挂卡车。持有B2驾照好几年的田娜想要去考取A2驾照，被丈夫心疼地阻止了。由于经常每天坐着开车12小时以上，丈夫患有肩周炎、颈椎病,他的胳膊打过封闭,脑袋左后方的血管处还被检查出长了个小肿瘤,医生说是久坐的缘故。他对既跟车又开车的妻子感到亏欠,也不想"把鸡蛋放在一个篮子里"。于是丈夫对田娜说:"你别开车了,就跟车洗洗衣做做饭吧。"

但实际上,跟车卡嫂的任务远不只洗衣做饭。不开车的时候,田娜也休息不安稳。丈夫晚上开车,她怕他困了分心,就陪他聊天,给他递水,还要帮着看红绿灯、提醒他路上突然钻出的电瓶车。他熬多久,她也尽力熬着。有时晚上走绿色通道运送蔬菜,货主着急,1300多公里的路程要求18小时内送到,晚送会影响售卖,可能

田娜和自家车合影

要扣运费，这意味着除了"开到快4个小时，休息20分钟"，丈夫整晚都不得休息。解困主要靠喝速溶咖啡，他用冷水兑速溶咖啡，最多一晚上喝了12袋。

田娜也心疼丈夫。去西藏那次，来回一个月左右的时间里，丈夫独自往返开了7200公里。进藏后，两人吃不好、睡不好，高反严重，"一摁太阳穴眼睛就要跳出来"。看到丈夫忍着头痛和疲倦开车的时候，她多想像从前那样替他开一段。从西藏回来后，田娜增驾A2的念头愈发强烈。但A2驾照通过率不高，她在不跑车的时间尽力练习，一度做梦都梦见自己通过了驾照考试。好在她一次就过了，最后一项路考通过时，田娜心情激动，连教练也很意外："这一场重考的、练了半个多月的都有，谁通过，都没想到你能通过！"

驾驶室里的女性

田娜和丈夫一起开货车的最初几年，适逢电商蓬勃发展，运力需求大增，那是卡车司机黄金时代的尾巴。她记得那时和丈夫跑固定货栈，从河北任丘市到承德围场县，跑一趟零担400多公里，到手能有1000多元。之后，闯入卡车货运行业的人越来越多。

2016年，卡车司机的数量达到了顶峰，大约3000万人。田娜家里4.2米的货车也与时俱进换成了9.6米的卡车。不过，田娜明显感觉到卡车行业逐渐运力过剩，分到个体卡车司机的单子变少了，运费也更低廉。如今，在运货APP找货，竞争愈发激烈，在车贷、维修保养卡车费用的压力下，一些货车司机只得低价抢单。再跑类似的零担时，她和丈夫到手只剩几百元。也是从那时起，她发现跑车路上跟车的卡嫂多了起来。部分跟车卡嫂和田娜一样考到驾照，身兼多职。另外那些不替丈夫开车的卡嫂也代替了原本需要花两三千元雇佣的"卡车押货工"，防止丢油、丢货物等。比起雇工，她们显然更负责，也让人更省心。

但在这个男性主导的行业中，男性卡车司机负责开车的工作被视为核心，女性的劳动常常被视为是无偿的，不被看见。卡嫂们被默认要负责驾驶室的"家务"。卡车司机常年奔走在公路上，驾驶室是他们"流动的家"。当然，在卡车要经营家的烟火气，对她们来说是奢侈的。多数时间里，卡嫂们几乎要同丈夫一起，和紧张的货运工作"作战"。丈夫开车时，田娜的时间也被琐碎的工作充斥着。除了帮丈夫看路，她也要找货、配货。卡车抵达后，丈夫去倒车，田娜要帮他看车距。工人卸货，她还要看货、数货。另外，她还负责给卡车加尿素，力气很大的她能双手各拎起25公斤的尿素桶，一把甩到一米多高的尿素罐边上。车上没装自动雨布时,她还要和丈夫一起搭雨布。有时丈夫熬不住,停车补觉时,她得保持清醒。公路上经常有冲着油箱、货物来的不速之客。有些卡嫂通过嚼辣椒、吃芥末等方式提神,但田娜一跟车嘴巴就上火长泡,吃不了刺激的,只能一局一局地打手机游戏提神。有一次,田娜和丈夫运送一车牛奶。半夜两点,丈夫在补觉,她坐在驾驶座打游戏提神时,感觉到卡车轻微晃动。透过倒视镜,她看见车边有个陌生男人坐在一辆摩托车上。她悄悄喊醒丈夫,丈夫拿着撬棍下车,大骂"偷车贼"。紧接着,晃荡的卡车上跳下另一个人影,落在摩托上,原来是两个人在接应偷牛奶,他们迅速开着摩托车逃走了。不过她想来仍后怕,对丈夫说:"下次在车里摁喇叭吓唬他们得了,万一下车他们打伤了你怎么办?"

卡车上的夫妻们共同承担着这个行业的风险和压力。38岁的祁倩倩是怀着憧憬进入这一行的。2017年,她还在老家工厂的流水线做一名普通工人,一天工作十几个小时,日复一日地在操作台上做着枯燥、重复的工作,她觉得自己活得像个复读机。她想要走出那种单调的生活,她在短视频上看到女卡车司机的生活,心生向往,"很威风地坐在驾驶座上,出个车,游山玩水,自由自在"。她随即就去考了驾照,和当时的丈夫一起开起了重型卡车。然而,在路上的日子让她很快发现了想象与现实的落差,"哪有时间去看什么风景,连吃饭都是个问题"。开卡车那几年,她庆幸自己没出过大的事故,但即便如此,他们忍受着熬夜、伤病,背着高昂的车贷,如果遇上一次小事故,一年的辛苦就都白费了。有一次,他们从安徽到江苏运送一车大理石,连夜开车,早晨到达卸货点。等待卸货时,附近店面的老板让他们挪一下车,想要开车通过。祁倩倩担心挪动后大理石滑脱,但禁不住对方一再地要求,他们只好挪动了自己的车子,结果"哗啦"一声,一车大理石倾倒下来,把门店的玻璃和货物都砸倒了。她记得当时银行卡里仅剩1000多元,为了凑够几万块的赔偿费,那天她借遍了所有能借钱的人,直到夜里9点,两人才疲惫地开车回到家。

不被看见的困境

女性在公路和卡车驾驶室的困境鲜少被承认。田娜会分享在公路上四海为家、走走停停的卡车日常,但即使她承担了很多烦琐的工作,女性的身份仍然经常被放大和审判。田娜不止一次看到这样的评论:"你就是一个跟车的,有啥好说的?""吃闲饭的"……无论是作为女卡车司机还是卡嫂,这个行业对女性的性别歧视总会时不时地刺伤她。

几年前,丈夫在帮人卸货时,脚踝意外粉碎性骨折而无法开车,田娜开了20多天,但因为性别,"没少被人找过茬"。一次,田娜去给货主拉一棵树,由于树的长度过长,大门狭窄,她接连两把都没倒进去。货主责怪:"怎么是一个女的跑车,早知道是女司机就不用了。"她也没生气,只说:"你相信我肯定能给你倒进去。"那一把,她倒进去了。田娜认为"开车技术分人,分的是新手和老师傅,不分男女。"但她对现实也很无奈:"是女的干什么事都会受到质疑,反而男的干点什么事,都觉得挺正常。"2017年,田娜28岁,那时她和丈夫开着9.6米的货车跑承德—围场的固定专线。尽管已经检测出怀孕,但田娜担心丈夫一个人开车太累,难以完成固定专线的任务,依然坚持跟车。当时最不方便的是睡觉,有时候夫妻俩都需要休息,只能挤在狭窄的下卧铺。直到预产期前几天,她才放弃跟车,后来还发生了羊水早破的情况。坐完月子,她很快又跟着丈夫上了卡车。田娜总说自己"皮实",但她也不确定,自己现在比同龄人看起来更苍老、体质更弱,是不是没坐好月子的缘故。

女性在公路生活的不便也比比皆是。跑车时,再酷热的天气,田娜从不敢脱衣服睡觉。"一脱衣服,对面的卡车司机一览无余。"夏天,男司机可以在路边无人处穿着内裤冲澡,但她得使用丈夫用铁丝和布帘制作的简易

祁倩倩在救援的路上

浴帘，还得找无人处，避开摄像头。生理期的时候，她憋不住经常去上厕所，因此柴油费也花销更大，丈夫半开玩笑半认真地说："一停车一起步又一刹车，几块钱没了。"她也跟着心疼。如果有选择，没有卡嫂愿意在驾驶室度过孕期，或者把孩子带上驾驶室。

把孩子留在家中，又会面临分离带来的隔阂。田娜的两个孩子现在分别念初中和小学，都由两个老人拉扯着长大。小儿子生下来一个多月，她就上了车。孩子还不足一岁时，得了手足口病要动手术，父母担心他们开车分心就没有告知，独自带着孩子去大城市住院看病。长久的分离带来了亲情的隔阂。说起来好笑又心酸，有时，她想要小儿子跟她亲近些，得给他买零食作为交换。

除了跟车卡嫂，那些被留在家中的卡嫂们的困境也同样鲜少被人看见。祁倩倩如今和现任丈夫一起做卡车道路救援工作，主要负责拖吊故障或事故卡车。打来求助电话的人中，有一部分是那些留守在家但丈夫的车出了事故的卡嫂。她们在家中做丈夫的"大后方"，独自肩负抚养儿女、照顾老人的重担，还要时刻牵挂着丈夫。有一位卡嫂曾打来求助电话，她的丈夫夜里赶路时，经过一处没有路灯的路段，没看到黑暗中停着一辆拖车，撞了上去，车毁人亡。祁倩倩和丈夫前去帮他们把事故车拖到维修点。她能理解这位卡嫂的处境——既要强忍着悲痛，料理事故车后续事宜，还得赶快振作起来，撑起家里的一片天，照料孩子和年迈的双亲。

田娜和祁倩倩都提到，离开这个行业的卡车司机越来越多了。祁倩倩身边，有的年轻卡车司机转行去卖水果，做其他小生意。但是对于她们来说，人到中年，转行不易，多数人还是选择把这行干下去，或者说她们也没有更好的选择了。

她们的进击

货运行业持续低迷,留在行业里的人,也在寻求其他生路。像田娜、祁倩倩这样的卡嫂们,开启了直播带货的副业,她们的快手小店里多挂着运动衣、辣酱、车载音响、移动Wi-Fi等对于卡车司机来说实用的必备品或改善生活的调剂。

对于祁倩倩来说,踏上卡车驾驶室,意味着从前囿于家乡的自己走进更广阔的世界。开卡车的第三年,她和前夫确认了这是一段不合适的婚姻。她离了婚,雇用了一位司机,和自己轮班开车。这几年,大大小小的雷她都踩过。尤其2020年以来,单子少,运费低,燃油费、过路费、养车费却样样不能少,多数卡车司机仍像从前那般白天黑夜都跑车,有时候仍然难以维持生计。作为最基层的卡车司机,她曾被拖欠过运费,也被货主无故刁难,这些经历也让她有了自我保护意识。如果有人不尊重地喊她"拉车的",问她要小费,她会直接回绝,遇到不平事也会为卡友发声。

2021年,祁倩倩认识了现任丈夫,两个人都是敢于冒险和勇于承担的性格,于是一同做起了道路救援的工作。三年来,祁倩倩把道路救援作为自己的使命。除了开拖车,她也学习事故车维权的知识,每次做救援时,她会把救援经历和经验拍成短视频分享给卡友,帮助他

祁倩倩在救援现场

们避雷。七年前站在操作台上的祁倩倩不会想到，自己有一天会有这么多人关注。她还建立了一个拖车互助群，群里的司机都是关注她的卡友。如果是江苏附近几百公里的事故，她都会自己开拖车去救援。遇到私信求助拖车救援的，她会把求助信息发到群里，大家谁有能力、有办法就提供帮助。互助是卡车江湖的常态。

她偶尔也会带着儿子去救援，"想带他去看看那种'一天到晚摸着方向盘熬着夜，脑袋别在腰带上'的真实生活，也体会一些帮助别人的快乐。"他的儿子虽然叛逆，但对于救援却很积极。她最难忘的是有一年夏天，一位运送西瓜的卡友由于遇到了事故，一车西瓜拉歪了，好在人没事。货主觉得西瓜受损，提出要扣运费。处理完事故车，接连三天，祁倩倩和丈夫、儿子一起，白天站在路边，举着喇叭对路人吆喝着卖西瓜，晚上就开着自己的车回家。西瓜卖完了，卡友的运费也悉数凑齐了。那晚，她特别开心，卡友的问题得到解决，长年分离的一家人难得完整地度过了三个日夜。

而对于田娜而言，开卡车不仅是生计，也是喜欢的事业。田娜家里珍藏着一个红色的"解放牌"卡车模型。过年打扫卫生时，她总要拿出来，好好端详一番。这是一位来自浙江嘉兴的粉丝，听说她喜欢卡车后，特意为她定制的，车牌号都和她的半挂卡车一样。她说自己从小对吃的穿的不感兴趣，就喜欢摸车。田娜成长在农村，家中有两姐妹，父母自小把她当男孩子养，她脑袋里没有那种"女孩不能干什么"的概念。十几岁时，家里和邻居合买了台拖拉机收割玉米地，那是田娜第一次开拖拉机，因为个子小，"脚都踩不到油门"。没结婚前，每逢秋收都是她开着拖拉机轰隆隆前进着收割玉米。

十二年来，田娜和丈夫开着卡车走遍内蒙古、三亚、云南、贵州、西藏……两人一起走过了百万里程。她把自己看到的沿途风景、跑车生活的苦与乐都分享在快手上。这填补了人们对卡车司机职业的刻板印象，也更加理解他们的不易。她的每条视频下都写满了"平安"的祝愿。尽管素未谋面,网友和同行们却这对乐观、坚韧的卡车夫妇感到亲近,几乎每次去装货、卸货,或者遇到困难,都会有认识她的人愿意伸出援手。

田娜对2022年春天进藏的经历记忆犹新,虽然高反和危险让人难忘,但是她也记得,她和丈夫在青海玉树停车休息半宿,清早她从卡车里醒来,车窗外漫天飘雪。她走下卡车,看见辽阔的高原,远处是连绵无尽的皑皑雪山。他们开车向前,路过一处澄澈的湖泊,如平镜般铺展着。这是她在河北农村老家难以见到的。一年后的春天,她拿到了A2驾照。第一个念头就是:"终于可以开家里的半挂了。"她和丈夫挑了个天气晴朗的日子出发。那天,她久违地坐在驾驶座,紧握方向盘。起初还有些紧张,慢慢地,征服半挂卡车的成就感占据了内心。田娜忍不住微笑起来,抬头看见车窗外蔚蓝色的天空包裹住大地,油绿的麦田、笔直的白杨延伸到远方的地平线,她知道,自己要奔向新的旅程了。

撰文:崔周周

听障女骑手，
在寂静中用力奔跑

聋人停停跑外卖
快手 ID：960928969

35岁的听障骑手停停，已经在广州送了三年多外卖，逐渐克服了外卖系统和听障带来的困难，犹如一只小猫自由穿梭在城市中。她不再桎梏于性别和身体残缺，也脱离了被声音所困的泥沼。春去春又来，停停仍奔跑在寂静的城市里，用阻力去感受风声，她感受到的是自由和平静。

2024年，35岁的聋哑女孩傅停停，已经在广州送了三年多外卖。送外卖是体力和速度的比拼，需要在限定时间内与用户沟通及完成配送，同时也是一个需要与人沟通的服务行业。但对于听障外卖员来说，无法聆听顾客的声音，无法发出声音对话，要如何完成这部分工作呢？

在骑手扎堆的广州天河区员村街道，停停闪现在各个取餐点，然后沉默着迅速离开。无声的世界，正常人很难走近，也很难感同身受。她试图在一次次奔跑与送达中，让陌生人看见彼此，让温暖传递，让理解发生。

寂静的春天

广州的春天到了,傅停停什么也听不见。中午12点的员村社区,汽车的喇叭声和市场的喧嚣声相互交织,下班白领的谈笑声和快餐店热情的招揽声此起彼伏。午后的阵雨细碎急促,雨过天晴,环卫工继续打扫落叶。二手回收厂忽然传出切割废钢的刺耳声,匍匐在巷子的流浪猫受到惊吓,"喵"的一声蹿入旁边的树林,消失不见。在广州跑了三年外卖,傅停停每天穿梭在这些声音中,却什么也听不见。唯有巷子里的流浪猫与她"惺惺相惜",她给它们带来食物,它们吃饱后各自散去,彼此沉默不语。

停停患有先天性听力障碍,一出生就生活在"无声世界"里,但这并不能阻止她跟这个嘈杂的世界打交道。她喜欢每天飞奔在大街小巷的感觉,虽然什么也听不到,但能近距离感受这座城市的热闹。喂完流浪猫,晚高峰临近,天河区车水马龙,聚集了大批住宅和餐饮店的员村更是热闹。这时候,骑手停停该上线了。不到10分钟,她就抢到了5个单子。取到餐后,她先在平台上发一段文字给顾客:您好,我是聋人骑手,您的外卖我已经取餐,在送到的时候我会用智能语音系统打电话给您,谢谢您的理解!订单送达时,她再使用平台的语音外呼功能,告诉顾客订单到了。接下来的40分钟内,她沿着规划好的最佳配送路线，跨越珠江完成了5个单子的配送，平均每单不到10分钟，效率惊人。晚高峰结束，剩下的时间她并不着急，在海珠区换了电池，又在15分钟内送了两单，这一天的配送任务就算完成了。

高效的背后，是停停跑单三年多的经验总结。比如多接优质单，最好是能放在写字楼外卖柜、酒店外卖桌的订单，因为高峰期等电梯很容易让人崩溃；不抢"垃圾单"，深巷里取餐的、容易遇到高峰堵车的单子不抢，扛重物、爬楼梯、性价比低的单子也不抢。做到这几点并不容易，需要对周边街巷、商家、小区和楼栋的情况了如指掌。

2020年，停停刚跑外卖时，类似的亏没少吃。因为没经验，她经常误抢一些"没人接的垃圾单"，要么远、

快手的工作人员给停停送了一束鲜花

要么重，非常考验女骑手的速度和体力。再加上不知道如何与健听人沟通，她经常遇到打电话交流不便、找人帮忙被拒、超时被顾客差评等问题。有次送奶茶，保安不让进，顾客也不肯下来取，还申请了退款。她只好自己买单，把那杯奶茶喝掉了。还有一次顾客不接她的"系统来电"，眼看其他订单就要超时，她又气又着急。

跟健听人沟通难，认路记地图也难。第一次接石牌村的单子，停停的心态就差点崩了。这个如迷宫般的城中村，200多条街巷与3000多栋楼梯房穿插交错，用餐高峰期一分钟内就能产生几百个单子，好不容易找到商家，却挤在小巷里半天出不来，提到当时的感受，她只有"崩溃和后悔"。还有很多专注外卖生意的商家，隐匿在广州各个小街深巷里，或是美食广场的一个窗口，或是犄角旮旯的小店，这些店铺的地理信息不一定对，小巷里导航也不一定准，导致骑手经常在原地打转，找不到地方。这种情况下，张嘴问路是最高效的办法，尤其是向同样穿着骑手服的同行求助。但这对一名听障骑手来说并不现实，用手比画别人看不懂，打字效率又不高。她只能把闲暇时间花在记地图上。在无声的世界里，她的空间感和方向感比常人更敏锐，也更擅长识记地图。

跑单三年，停停成了常送区域内的"活地图"，也逐渐在接单和配送上摸到窍门，每个月的收入达到6000元以上，而以前她做其他工作一个月最多挣3000元。在大城市打拼的动力一旦开了口子就很难停下，很长时间里她不愿休息，总觉得不出门跑单就平白丢了几百块钱。

去广州送外卖

2018年，29岁的停停第一次来广州，在电子厂上班。她怕冷，觉得北方冬天漫长且难熬，就来到了岭南。在到广州之前，这个湖北农村出来的女孩已经在福州、北京、江阴、上海、深圳等城市留下漂泊的足迹。在这些地方，她先后做过服装厂女工、跳舞演员、火锅店服务员、拉面店后厨、宠物店洗护助理。

第一次打工是14岁离开特殊教育学校后，她去了服装厂。这个活是妈妈彭小英帮找的，她一做就是好几年。晚上要熬到11点半才能下班，第二天早上7点半就要起来，日子不断重复，她在厂里默默度过了一个女孩的青春期。长时间坐在凳子上让她的臀部长了褥疮，皮肤红肿甚至溃烂。她觉得这份工作"又辛苦又没有前途"，不想干了。妈妈看着心疼，虽然担心，但还是同意她去外面试一试。从那以后，停停去到一个又一个城市，换了一份又一份工作。这些工作机会都是她在网上投简历争取来的。妈妈很意外，觉得停停虽然是聋哑人，独立生存的能力却很强，不再担心她找工作的事情。

但对于听障群体，找工作注定困难重重。有一段时间，停停找不到工作，20多天里在网吧不停浏览信息，不断投递简历，投出去的500多份简历石沉大海，收不到任何面试消息。她形容那段日子是"最无助、最难熬的"，每天睡网吧啃馒头度日。但她没有向父母求助，妈妈至今不知道女儿的这些遭遇。求职难，职场上又面临各种隐形歧视和霸凌。在服装厂，同事偷偷拿走停停的劳动成果。她跟组长投诉无果，气得写了辞职信，在信中提到了这些事。厂长把信撕了，说她是在捣乱，"没人理解我心里的苦，因为我是聋哑人就可以不用管我的感受"。离开服装厂后，这样的委屈也没少受。在拉面店后厨，一位男同事见她是聋哑人好欺负，总是偷懒玩手机，有活就让她做，两人经常为分工发生争执。闹到老板那里，男同事就把责任推到停停身上。她诉苦无门，只能受闷气，直到气得受不了，她就离开了。她还在一家残疾人艺术团当过舞蹈演员，和其他听障女孩一起到处走穴演出，穿着金色服装表演经典舞蹈作品《千手观音》。团里承诺给她们每人2000元月薪，却迟迟不兑现，这些姑娘只好一纸诉状递到劳动争议仲裁机构。本是一段光彩的履历，停停很少再提及，将跳舞的冲动彻底压在心底。

苦闷无处发泄的日子里，短视频成为她的一个情绪

停停在接受快手的采访

出口和表达窗口。初到广州，停停把日常生活的碎片发在快手平台，当作一种生活记录。后来她刷到几位听障骑手的作品，看到听障人士也能跑外卖，她抱着试一试的心态，花1650元买了一辆电动车，从2020年8月开始成为一名"众包骑手"。

送外卖第一天，停停跑了7个小时，赚了98块钱。她在心里盘算，自己平时能用这98块钱生活一周。她对于每跑完一单就有钱入账的感觉渐渐有点上瘾，尽管仍会受累受委屈，但她不怕日晒雨淋，比起电子厂单调重复的日子，她更喜欢跑外卖的充实感。以前在工厂，她和大多同龄人一样，只想着吃、穿、玩，自己也不知道自己想要什么。送外卖之后，看到同行的外卖员都在争分夺秒地挣钱，她也燃起奋斗的火苗。

语言鸿沟

在外卖平台，听障骑手用的是和健全骑手相同的派单系统，以服务和速度为核心的接单规则。作为相对弱势的听障女外卖员，停停能取得这样的成绩并不容易，需要承受比常人更多的压力和阻力。

新手时期，最大的困难是打电话联系顾客。停停会提前编辑好一些常用文字，方便她在需要时快速跟商家和顾客沟通。她上传了残疾证，认证成为一名听障骑手，可以使用平台的无声关怀功能。但很多人订外卖时并没有留意消息通知的习惯，一些顾客听到是机器语音，对电信诈骗司空见惯的他们往往会直接挂掉电话。有些听障骑手会通过拨打又挂断的方式提醒顾客留意手机短信，误解和差评也因此产生。一些用户不知晓他们的处境，产生沟通障碍后往往会给他们差评。这群特殊的群体有苦难言，有时候只能默默接受被扣钱的现实。在云南，有女子凌晨报警，称一名男子在敲打自己家的门，"敲了10多分钟，我说你是谁，你要找谁，他不说话"。民警赶到现场核实发现，原来是一位听障骑手，在送夜宵时走错楼道这才引起误会。在四川，有顾客给了听障骑手差评，原因是"对方居然掏出一张残疾证书，意思是让我给他捐点钱"。事实上，这位骑手出示的并不是残疾证，而是一张沟通卡，上面写着：我是聋哑人，不能说话。

请您检测菜品是否齐全，并对服务做出评价，谢谢您！

有时候，沟通障碍和认知差异不仅给听障骑手这个群体带来差评，还有可能让他们遭遇网暴。在一则热搜事件中，网友爆出与听障骑手的消息记录，外卖员使用的"快点""给钱"等字眼，看似有些冒犯与不讲理。不少顾客也有类似的体验，认为外卖员发的消息没礼貌，不识大体。停停对此深有体会："客人以为我们态度不好，我们文化不好，文字语气冷冷的。"实际情况是，听障人的母语是手语，手语与汉语的表达逻辑截然不同。

一方面是语序不同，这使得听障人士书写传递信息的句子，在健听人看来常常是一个"病句"；另一方面是语气不同，手语基于情景还原，用简单的动作表达复杂的意思，不存在敬语、谦辞等内容，这样的表达方式在转化成文字时难免出现直接、生硬的情况，很难在语气上达到谦和有礼。

停停的书面表达能力称得上是听障群体中的佼佼者。她14岁就进入社会，跟健听人打交道多了，沟通起来得心应手。其实"聋哑人"并不哑，只是听觉障碍让他们无法听到自己的发声，自然也学不会说话，就成了广义上的"聋哑人"。停停没有汉语拼音的概念，但她的五笔打字熟稔敏捷，语言表达自然流畅。

送餐路上难免有突发情况，也有沟通不畅、词不达意的时候，但幸好这些只是少数事件。让停停感动的是，大多数顾客在知道她是听障骑手后，都能给予理解和善意。她经常收到顾客在外卖平台发来的关切："辛苦了""骑车慢一点，注意安全"。一些顾客也会打赏小费，让她惊喜又感动。

听障骑手的外卖江湖

骑车送餐时，停停听不见汽车的引擎声和鸣笛声，无法"耳听八方"，就必须时刻"眼观六路"，尽量开得慢一点。但在送单高峰期，她又很难不加快车速，从而面临更大的交通风险。

2021年，停停在一次送单路上被一辆轿车撞到。她第一反应是看顾客的外卖有没有摔坏，等身体的痛感袭来，她才发现自己的腿伤得不轻。交警判定轿车司机全责，需要承担停停的全部医疗费用。停停看对方司机也是女孩，也不容易，没好意思收误工费。养伤的一个月时间里，同为听障骑手的几个朋友给她提供了很多帮助。

后来每当有听障朋友在送餐路上撞车了，社交能力更强的停停会主动帮他们协调处理：联系报警，事故认定，责任调解，送医就医。2023年3月，同为听障骑手的二虎被吊车撞到了，头破血流，停停和几个骑手立刻放弃跑单，赶到现场帮忙处理。停停是在广州的"无声骑手群"认识的二虎。新手期，她在珠江新城迷路了，就在群里问路，二虎教她带她，告诉她怎么才能不抢"垃圾单"。41岁的二虎是因为小时候发烧致聋，为了讨生活，2019年从哈尔滨千里迢迢到广州跑外卖。

"无声骑手群"里的朋友，每个人都有一段心酸打工史。每个人转行送外卖的理由又都相似：无法做大多数技术类或服务业工作，比起枯燥的流水线，成为一名外卖骑手，看到不一样的风景，感受一座城市的脉搏，这或许是他们能力范围之内最好的选择。停停选择与这些听障骑手们"抱团"。他们组建群聊，甚至住在同一个院子里，方便日常相互照应，接力送单，克服沟通上的不便。在庞大的外卖江湖，他们是一个特殊的小群体。休息日他们很少去较远的地方玩，往往三五个人找地方坐下来喝奶茶、打手语聊天，有时从白天待到吃完夜宵才各自散去，那是属于他们的圈子和世界。

和停停一样，快手对很多听障骑手来说是一个特别的朋友圈。他们发视频的初衷往往是记录生活，也给自己打气，向陌生人讲述无法用声音表达的内容。但他们发现，在这里找到了很多同行，获得更多理解和认可。

李江明是停停的乐跑队长，跟二虎也熟悉，遇到一些突发状况，他会从中帮忙沟通协调。在李江明看来，停停和二虎都很讲江湖义气，也能吃苦、肯拼命，"她们就是想多跑多挣点钱，把日子过得好点"。

2023年年中，停停从"众包"转为"乐跑"，专注跑近单。乐跑没有众包的自由度，"但有团队管理，不会偷懒"。她每天分三个时段按时"上下班"，每天跑六七个小时，一个月能挣8000元到10000元不等。刨去750元房租，300元猫粮和1000多元的生活费，她把剩下的钱存起来。逢年过节她会给家人发红包，父亲节她给爸爸网购自己的"同款鞋"，然后急迫地发消息问他："爸爸，开不开心？"

笨拙的爱

2024年3月中旬的一天，下午5点，停停准时来到员村一座荒废的院子里喂流浪猫。它们的出现也很守时，见到这个熟悉的身影就会从四面八方迎过来。但若看到是陌生人造访，它们又会警觉地退回自己的领地。

这片区域的流浪猫通常是邻居芳姨在喂，她不方便时会托停停代为投食。她们的住所只隔一条走道，都养猫、爱猫。芳姨不会给猫剪指甲，停停做过宠物店洗护助理，就去帮她打理。提到停停，芳姨喜爱又惋惜："命运对善良的人怎么就不公平呢？"

停停自己养了3只猫：银点"棉花"3岁，脾气好，讨喜黏人；布偶"布丁"4岁，胆小怕生，喜欢钻被窝跟她一起睡觉；蓝猫"猫爷"，年龄成谜，因为是停停从外面捡来的，她形容它是"怂货、吃货"。屋里还有一只贵宾"那那"，是她2023年在武汉买的小狗。那那和3只猫和谐相处，它还能看得懂停停的肢体语言，会听她的指令做动作，指哪儿打哪儿，实在惹人喜爱。停停把这几只猫咪比作是家里的"主人"，而小狗更像是"亲人、孩子"。一家"五口"共同生活在不到15平方米的出租屋里。房间虽小，五脏俱全，餐桌旁边的货架整齐摆放着猫砂猫粮，陈旧的墙上精心布置着装饰品和置物板，空间被合理利用，能看出这位租户的细致和用心。偶尔不跑单的日子，她会精心收拾，在家逗狗撸猫。人与猫不需要对话，关系若即若离，彼此相互需要，相互陪伴。猫咪对声音异常敏锐，打雷被吓到会躲在她怀里，在她身上"踩奶"。她也会把这些温暖的瞬间记录下来发布在快手上，很多人得以在互联网上看见一个听障女孩的生活日常。这些视频大部分是她自己拍、自己剪，音乐是随便选的，"不知道好不好听"。快手对停停来说像是朋友圈，几位特殊学校的同学在快手找到了她，失联多年后重新建立了联系。

停停8岁起在特殊教育学校学习，六年后身为农民的父母难以再负担昂贵的学费。从那以后，停停再没有向

停停在喂流浪猫

家里要过一分钱。谈起女儿的聪慧和独立,妈妈彭小英骄傲又心疼。在外打拼的时间久了,停停回老家的次数变得很少,也疏于和亲戚联系。小时候自然的、关怀的话语,变成了一问一答的交流。

龙年春节停停没有回湖北,对她来说老家反而"没人聊天,不快乐"。被问及"不快乐时会做什么?"她的回答让人会心一笑:"治疗心。我不知道怎么写。你们应该懂我意思。"春节假期她接了几个上门喂猫的单子,一次收费30到40元。她会细心地为顾客洗碗喂粮,简单打扫,把猫咪的状态拍给顾客,在宠物的陪伴中"治疗心"。听障群体的世界总是很简单,快乐容易获得,孤独和悲伤总能自我疗愈。从有记忆开始，停停就没听过声音，也没想象过有声音的世界。"如果能听到一种声音，你最想听到什么？"她想了想，在纸上写下：想听到爸爸妈妈的声音。

春去春又来，停停仍奔跑在寂静的城市里。每个早晨，她和其他租户在固定的时间起床，穿过同一条小巷，用一天的奔波换一份微薄的薪水。这条路不好走，但她已经找到自己的位置，挣得了尊严。她不再桎梏于性别和身体残缺，也挣脱了被无声所困的泥沼。只要跑起来，用阻力去感受风声，她就能感受到自由和平静。

撰文：张先森

当一个180斤的女孩决定不再减肥

福饮沸别
快手ID：2363116241

"只有瘦才值得被爱吗？"这个问题曾困扰了胖女孩胡颖慧很多年。在一次次减肥又失败后，她决定接受这样的自己，重启自幼热爱的舞蹈，拍短视频展示自己的穿搭，做大码女装……不再在意那些因为身材向她投来的异样眼光，她终于明白，"被爱的前提是先爱自己"。

沸别是一个在自卑中挣扎了二十七年的大码女孩。小时候，她常因为胖被同学嘲笑，被人叫过"肥婆""游泳圈"；学了九年舞蹈，却因为身材不好而被学校拒之门外，只能放弃；谈了一段四年的恋爱，仍被男朋友嫌弃身材而不愿公开；做短视频后，因为"穿衣自由"而遭遇网络暴力。因为身材，沸别曾陷入很深的自我否定中，在与减肥不断抗争又失败后，她最终与身材和解，接纳了自己，爱上了自己自信的模样。

　　沸别的故事，并不是一部胖女孩打破主流审美、对抗身体羞辱的爽剧，而是讲述了一个内心敏感的女孩如何被肥胖和身体羞辱困扰了很多年，又如何一步步重建内心秩序，在镜头内外勇敢做自己，并尝试为更多像她一样的大码女孩带来力量。

大码女孩的穿衣自由

"现在的女装市场已经容不下我了。"95后女孩沸别发现，现在的女装越做越小、布料越来越省，导致她在线下很难买到称心如意的衣服。沸别目前的体重是184斤，很多衣服起码要穿XXXL号。早年140斤时，她还能穿得进L号，170斤时她还能买到各种款式的XL号衣服。但这几年，她的衣服几乎都是无性别风的特大码。

近些年，商家为了迎合"白幼瘦"的审美潮流，不按标准尺码制衣，女装号码陷入混乱。比如，女装M码在国内的尺码标准通常是指身高在1.6米到1.65米、体重在100斤到120斤的女性适合穿的码数，这是女装尺码里的中尺码，然而很多这个体形的女孩发现，自己根本穿不进很多M码的衣服，这让她们陷入自我怀疑：是自己不够瘦吗？

尺码的缩水意味着对女性的身材要求变得愈发苛刻，这也让大码女孩的处境更加尴尬。事实上，大码女装并非M码的放大版，其打版流程更为复杂，大多数商家出于利益考量，只能跟风缩小尺码或调整大码女装的标准版型。沸别买衣服不是碰壁就是碰运气，她经常带着羞耻感在商场怯怯地问："这件我能穿得下吗？"

买不到合适的大码女装成为沸别创业做服装的动力。直播带货以来，沸别的选品都坚持"标准尺码"，经常有人在她的直播间说："姐姐，你们家的衣服L码是120斤到140斤。你知道吗，我125斤平时要买XXXXL，太夸张了。"不仅是尺码，沸别对服装风格和质感也越来越挑剔。以前买大码女装，大家最在意"能穿"，但现在越来越多大码女孩不仅要求衣服合身，还想要"好看""时髦""出众"。这其实同样是沸别穿搭风格的转变。以前的她不修边幅，一双球鞋、一个双肩包、一条牛仔裤走遍天下。她给自己找了借口：画全妆、做发型太麻烦，性感的衣服容易走光，穿连衣裙和高跟鞋不方便通勤骑车。其实，之前的穿搭不过是她生活中的"保护色"，"这让我在人群中不那么容易被关注，不容易因为身材被嘲笑"。

2023年沸别穿着自己品牌的服装

自卑的心理高墙是在她漫长的成长过程中形成的。为了打破这堵墙，沸别用了很多年。直到有一天她开始做穿搭分享，她第一次学会了画欧美妆，出乎意料地好看。看着镜子里的自己，她心想：虽然因为身材被嘲笑，但自己不应该闪耀吗？不应该渴望人生舞台上有一束光为我而亮吗？

2023年5月，沸别买了人生中第一条旗袍，穿上后她觉得自己像画里走出来的胖姑娘，忍不住想要跟人分享她的喜悦，就去长沙潮宗街拍了一条国风舞蹈视频，配上当时很火的歌曲《三拜红尘凉》。这支在她看来平平无奇的视频随后几天在短视频平台爆火，全网播放量过亿，她的账号"福饮沸别"也收获了一大批粉丝，很多人跟着她学穿搭，在评论和私信中表达了对她的喜爱。这让沸别萌生了创业做服装的想法，"既然很多大码女生买不到好看又合身的衣服，那我就自己来帮她们做"。

沸别本名叫胡颖慧，是长沙人。"胡颖慧"用本地的"塑料普通话"说就是"福饮沸"，而"别"则是当地的惯用语气词，"福饮沸别"的名字由此而来。现在，"福饮沸别"已经是短视频平台上颇有人气的大码女装主播。

因为"敢穿"，经常有人在沸别的视频下面吐槽："旗袍肚子太吓人了""缺点全都暴露出来了""诠释了什么叫胖""看着像200多斤，回归现实吧好不好？"沸别下意识地辩驳，谁规定我们胖子就不能穿性感的吊带、连

2023年沸别参加快手"老铁时装周",在东北铁岭的留影

衣裙、小上衣、小短裙了?"我爱自己T恤短裤丸子头的样子,也爱自己吊带裙性感艳丽的样子,这些我都爱。我终于学会坚定自我,也希望可以给所有大码女孩勇气和自信,我能穿,那她们也都能穿。"沸别认为,常年被禁锢在暗色调里的大码灵魂有权利去追求更靓丽、更恣意的穿搭打扮,也同样有权利去追求自我欣赏、不被他人审判的人生。

成长路上的身体羞辱

沸别将大码女孩穿衣自由的自信带到了更大的舞台。2023年10月,在快手"老铁时装周"村潮大秀现场,沸别作为模特,身穿黑色旗袍登台走秀。别人可能会担心服装和动作会不会太浮夸,但她没有这个顾虑,"我只是知道,那个当下我要展现我自己"。上台走秀前,沸别在心里给自己打气:留给普通人的舞台不多,当你有机会走到舞台中心,你就要尽情展现。这种想法是从小学习舞蹈被灌输的,演出上台前老师都会说,你们在台下练了这么久就为这一分钟,摔倒了没关系,站在舞台上就要状态全开。

沸别从3岁开始学舞蹈,练了九年。她获得过很多奖项,上过《快乐大本营》,也跳出了国门——在长沙市与韩国龟尾市的一场文化交流访问演出中,第一个翻完跟斗站起来的就是沸别。为了这个动作,她的脸在舞台上被刮出了一条血痕。演出落幕,韩国观众看呆了,为中国的小姑娘们报以热烈的掌声。

2009年,12岁的沸别从长沙到北京考学,成人世界的残酷提前降落到这个小女孩身上。在此之前,沸别非常自信,"我觉得我有表现力,有柔韧度,我觉得我节奏好、乐感好,可能就是矮了点"。但参加了北京的考试,她猛然发现自己的身材不适合跳舞,"我个子矮,四肢短小，比例很差还很胖。不是我跳得不好，是我的身材完全达不到舞蹈学院的标准和要求"。

沸别坦言，自己是从小胖到大的女生。她从小就能吃，总是饭桌上吃得最香的那个，她的身体比同龄的小孩壮实得多。还在上小学时，沸别的体重就开始飙升，成了班里、团里穿最大尺码服装的女孩。班里统计校服尺寸，所有人都是中码，只有她是大码。艺术团汇报演出，很多剧目根本没有她穿得下的服装。她只能把衣服拿回家，让妈妈改一下。

身材的硬伤在北京被彻底放大。沸别清楚地记得，她当时跳自己最拿手的胶州秧歌时，她能感受到考官那种眼神一亮的惊喜，但最终在榜单上被刷了下来，她和妈妈只能归结为身材原因。落榜那天，母女俩在北体大附中的校园内抱头痛哭。这次失败彻底击碎了沸别的自信心。她热爱舞蹈，但不得不放弃，因为她意识到跳舞可能没办法成为人生的出路。回到长沙，她假装生病以逃避训练。妈妈也察觉到了，没有再强求她。正好当时家庭收入骤减，走跳舞这条路意味着一大笔开支。母女俩就这样心照不宣地选择将舞蹈遗忘。

放弃舞蹈后，身材带来的其他困扰并没有放过沸别。高中以后，她的体重脱缰似的飞涨，成了班上数一数二的胖女孩。她只有1.55米的身高，体重却超过140斤。高考结束那天，她决定狠下心来减肥，每天跳一个小时的

2022年沸别在健身房训练

郑多燕健身操,把热量最高的食物放在早上吃,中午只吃素,晚上只吃鸡蛋。一个暑假下来,她瘦了20斤。大学军训时期的她可能是成年后最瘦的样子。

在大学,口腹之欲再次难以克制,几年内沸别又涨到了168斤。从身体运行机制上讲,极端的绝食减肥之后,胃饥饿素水平飙升,身体激素水平传到大脑,会让人产生强烈的食欲,这种欲望很容易引起暴食。有好几次,沸别觉得食物快要堵住喉咙了才停下筷子。但她或许不知道,这其实是人体的一种保护机制。

沸别觉得168这个数字是她人生的巅峰，不可能再胖了。2019年她做民宿创业，手头逐渐宽裕，不惜高价买了两轮健身私教课，减重效果喜人，生活中的异样目光也少了。但没多久，疫情突袭，生意惨淡，两个民宿先后关闭，加上经历失恋、外公去世、妈妈罹患癌症等一连串难关，她体重秤上的数字暴涨到了200斤。

沸别说自己是一个不会将负能量向外宣泄的人，因为没有人有义务做你的"情绪垃圾桶"，而"吃"成了她为数不多的消解负面情绪的方式。吃东西的瞬间，大脑疯狂分泌多巴胺，低落的心情能够得到短暂慰藉。在肿瘤医院照顾妈妈的大半年里，每天目睹生离死别，她感到压抑极了，深夜回到家后默默点开手机外卖，用炸鸡奶茶将胃填满，然后大脑供血迅速减少，在困乏中沉沉睡去。尽管负面情绪有所缓解，但随着热量和糖分的摄入，脂肪在她体内吹气球般膨胀起来。

肥胖引发的一系列连锁反应又让沸别陷入无止境的情绪内耗中。成年后，身材焦虑如影随形，减肥也成为生活的主旋律。为了甩掉这身肥肉，她试过各种极端苛刻的减肥方式，但和大多数肥胖者的经历相同，因为不够自律，她的体重最终以一次次反弹告终。有时候因为多吃了一块肉，她就会后悔、反思和自责。但更多的压力和焦虑来自外界。很多人会以玩笑的口吻说："看你这么胖真看不出来是跳舞的。"这些伤人的身体羞辱，别人只会轻飘飘一句"开个玩笑"来搪塞过去。那时候她只是默默忍受,还不知道这其实是一种身体羞辱。

成为真实而闪光的自己

所谓身体羞辱(Body Shaming),就是"以任何形式对他人身体表示出负面的、带有侮辱性的、不恰当的言论或态度,又或者是以主观性极强的审美标准去评判与之不符的人的身体的行为"。在沸别漫长而反复的减肥生涯中,身体羞辱从未远离。她不知道为什么别人要对她怀有如此大的恶意。小时候不论邻居还是同学,都会给她起各种有关胖的外号,在幼儿园被叫作小胖子,在小学和中学被喊"肥婆"甚至是"死肥猪"。因为发育得早,小学五年级时她穿内衣被男生拿来当笑柄。青春期时,男同学会来扯她脖子上的带子,用水枪往她身上滋水,甚至拿装满水的气球挂在胸前以嘲讽她跑步时胸部晃动的姿态。到了高中和大学,这样的事情发生的频率降低了一些,"大家相安无事,可能男生女生都成熟了,会意识到拿别人的身体开玩笑是一件很差劲的事情"。

沸别曾以为从此不会再被恶语相向了。只是她没想到,成年人的恶意更大。2020年,她在一家公司上班,和几个男同事在闲聊中谈到前任的话题，有个男生冲口说出一句："那你跟你男朋友，他岂不是上坦克？"起初她不懂这句话的意思，上网搜了下才意识到自己被当众羞辱了。"当时只觉得很恶心"，本能地进行自卫反击，毫不客气地怼了回去。这场闲谈最终以尴尬收场。

不久后，沸别从这家公司离职，因为她觉得"太伤人了"。一直以来，身材焦虑在她心中不断发酵，她学会了拿肥胖"自黑"，让自己免于被讨论，小心翼翼地遮掩自己的自卑和焦虑。但让沸别没想到的是，身材歧视也隐秘地发生在她的亲密关系里。她和前任在一起四年，对方还是不会在马路上大大方方地牵她的手。"那次我们在宁波玩，他为了避开和朋友撞见的尴尬，愣是把我拉到东钱湖去晒了一整天的太阳。他肯定觉得我很拿不出手。你能感受到这个人是欣赏你的，是喜欢你的，但你的外貌让你似乎还不够资格出现在他的朋友圈里。"

180斤的女孩是不是不配拥有爱情？只有长得漂亮和身材好的人才能拿到被爱的入场券？她去健身房减肥，学化妆，学穿搭，努力创业挣更多的钱，小心翼翼地和喜欢的人说话，努力讨好、迎合，去弥补自己的不漂亮。"可是，有用吗？要多漂亮才算漂亮？"即便做出这么多努力，可她依旧没有得到肯定，两人的人生选择也背道而驰，关系渐行渐远。在那之后，沸别把自己扎进事业中。这些经历让沸别决心开始改变——不仅仅是改变自

2023年沸别在佛山待装修的厂房
（即将被改造成直播间的修车厂）

己的身体，也要让自己内心强大起来。

2019年，沸别向银行借了一笔钱，开始了她的民宿创业计划。从上班族到民宿小老板，她逐渐得到客户的认可，很多房客在平台上给她写几百字的小作文，说她人很nice，服务很周到。这次创业经历让沸别感受到从来没有过的自我认可和他人肯定，这是她在放弃舞蹈后第一次建立自信，"原来我也是有价值、有亮点的人"。

也是在这段时间，沸别看了一档街舞综艺节目。她看得热血沸腾，决心重拾舞蹈，找回年少的热爱。时隔十三年，带着如今的身材重回舞蹈房，看着满教室的热辣美女，沸别畏畏缩缩地坐在角落不敢动。但她足够幸运，遇到了好同学、好老师，她们不会用有色眼镜看她，会在她单人solo时给她热情地鼓劲，她终于鼓起勇气直视全身镜里的自己。

2022年5月，沸别报名参加了二毛坨子在长沙举办的辣玫瑰舞会。尽管满场都是身材热辣的美女，但沸别没有怯场，她穿上小短裙，狠狠打扮了一番。作为现场为数不多的大码女孩，刚开始她有点紧张，但到了battle环节，200多人在台下为她打气，她彻底释放了自己，"至少这个夜晚，在这首歌的时间里，我是焦点，曾经自卑的我想展现自己一次"。

在放弃舞蹈的十几年里，沸别过得拧巴且痛苦。她讨厌妈妈跟别人说"我女儿学了九年舞蹈"，她的中学同学、大学同学都不知道她小时候学过跳舞。重新捡回舞蹈也是因为她想给妈妈这么多年的栽培一个交代，也给自己一个交代，"你是热爱舞蹈的，你应该去跳，你应该闪闪发光"。后来，她真的因为跳舞跳出了"爆款"而被更多人看见，她觉得这一切像是因果轮回，人生没有白走的路。

重新对自己敞开心扉后，更多的惊喜还在等着她。2023年7月，沸别有了和天后蔡依林一起合作拍摄一支短片的机会，她感到难以置信，"怎么可能会是我？我只是籍籍无名的小透明"。激动的心情平复之后,她要做的是在拍摄中把最饱满的状态呈现出来,"既然机会已经给到我了,我就要惊艳所有人"。那支短片里,沸别有一句台词:"穿XL就是特别吗?非要说特别,只能说我觉得我,特别漂亮。""特别"是别人下的定义,她只想做真实的自己。

被爱的前提是先爱自己

在放弃舞蹈的十几年里,沸别和很多同龄人无异,老老实实去上文化课,勉强过了本科线,读了一个三本院校,毕业后找了一份勉强养活自己的工作。她接受了自己是个普通人的事实,只是没有想到,多年后会因为短视频被很多人关注和喜爱,仿佛又回到了舞台中央,被一束光照亮。

在快手平台的走红让沸别鼓起二次创业的勇气,她决定让更多大码女孩实现"穿衣自由"。2023年刚过完年,沸别立刻冲到广州找工厂,做了她大码女装创业的第一批货,结果全部滞销。"不是这批衣服质量不好,是我太把自己的喜好当回事了。"那时候,沸别认为大码女孩就应该更自信大胆,怎么漂亮怎么穿。所以在做第一批货时，她选了很多自以为性感、前卫的衣服。但后来她发现，很多大码女孩生活在小城，面对相对保守的社会环境以及无处不在的身材歧视，她们无法摆脱束缚去打扮自己。"对她们来说，其实不是胖的问题，而是自我认同的问题。"

自己认为好看的衣服反而卖不好，这也让沸别开始反思：是不是我做得不够极致？是不是我没有让她们足够坚定地相信自己可以勇敢尝试？后来她想通了，"我不应该只是在录影棚或直播间夸它好看，我应该去户外，去大街小巷，去人多的场合穿上它，跳舞，拍摄。"于是，沸别穿起短裙，去写字楼下跳舞，去人群中跳舞。她穿上一套玫红色的碎花吊带去三里屯逛街，穿上旗袍到天安门广场参加升旗仪式。在天安门广场，不停有人望向她，"是那种看热闹的、鄙夷和猎奇的目光，可我一点也不紧张"。那天，沸别发了条朋友圈：我还是更喜欢穿成这样，这才是我。这才是我喜欢的样子。

2022年9月，大码女孩雨晨一条条地看完了沸别的所有视频，后来她加入沸别的工作团队。雨晨曾患有多囊卵巢综合征，为了调节体内激素水平，她吃了大量激素药，导致体重飙升，身高1.68米的她体重超过200斤。她经常因为身材被歧视，只能把苦闷吞回肚子里。一年时间里，从素面朝天到开始化妆，从幕后美工到出镜直播，雨晨的改变沸别看在眼里。她知道，一个自卑的大码女孩站在镜头前需要巨大的勇气。就像她常跟粉丝说的，她的自信和乐观不是与生俱来的，而是经历了很多人生的失败和低谷，在不断跌倒、爬起再尝试的过程中慢慢建立的。

沸别说："对抗身材羞辱最大的武器，就是你的能力和本事。因为当你找到了自己的闪光点，哪怕依然有人会对你的身材进行抨击，你也不会因此丧失自信。我们要对抗的，不是羞辱，而是自己心中的虚弱。身体只是承载你的精神容器，尊重它，而不是和它较劲。"但事实上，直到现在，沸别仍没有彻底对"身材羞辱"产生免疫。在网络上，仍然有"肥猪""坦克"等极不尊重女性的词汇跃进她的双眼。面对那些冒犯的话语，她选择正面回击。但如果是说她腿粗、不好看，说她的穿搭暴露了肥胖的缺点，她可以选择接受。"这些其实没有恶意，因为审美是主观的，但审美不能凌驾于他人的尊严之上。"

以前为了瘦，为了爱情，她拼命去迎合和讨好，拼命减肥。做短视频之后，她的身材没有变，但心境变了，她终于想明白，被爱的前提不一定是漂亮，而是爱自己、懂得欣赏自己。"我可以开朗活泼搞笑自信，我很会跳舞还会穿搭，收拾起来也很精致，笑起来也很灿烂。我现在依然还胖着，但那又怎样？我开始发自内心地欣赏镜子里的这个胖女孩。"

沸别说这些，并非否定自律，提倡放纵。"我不能因为我是大码女装主播，就敞开了胖。我不能因为我胖，就鼓励所有跟我一样的女孩自暴自弃。"她只是希望，每个人都能学会接纳自己身体上的缺陷，在保持健康的前提下与缺陷共处，而不是感到羞耻，更不要因为别人的羞辱过分苛责自己，甚至厌恶自己。

作为一名大码主播，沸别在自媒体上把自己的情绪全部摊开，把她人生因为身材陷入谷底的时刻展现给所有人。她希望"福饮沸别"不仅仅是一个账号，也是所有大码女孩的一个暗号、一个聚集地、一个得到治愈的地方。"这个暗号，让相似的大码女孩相遇，赋予彼此力量，实现大码自由——那是一种无畏他人审视、敢于做自己的精神自由。"

撰文：张先森

一个"金刚芭比"决定做自己

金刚小芭比（全网小哪吒）
快手 ID：10133572

同时拥有一张萌妹脸和一身健硕肌肉，无论走到哪儿，程璐都会成为焦点。她早已习惯这样的"凝视"，面对质疑，她反而更加坚定了自己的审美，用肌肉铠甲对抗性别偏见，一步步地做到由内而外地欣赏自己的身体，"美不美，我们自己说了算"。

《芭比》上映后，很多女性观众感叹，终于有一部电影让她们不用担心其中的"男性凝视"。一个占据了千万女生衣橱的芭比娃娃，在2023年再次引发了社会对女性处境的讨论。

电影《芭比》所涉及的性别争议，真实发生在"金刚芭比"程璐的身上。一张萌妹脸和一身健硕肌肉的巨大反差感，让程璐在互联网上走红的同时，也承受了诸多非议。由于偏离了主流审美，围绕在她身上最多的争议都是：挺可爱的妹子，为什么要做肌肉女？这样的质疑一度让她感到苦恼，但在热爱面前，一切都不重要了。

从"芭比"到"金刚芭比"，她的心态产生了巨大变化，她现在会反问，女生怎么就不能练肌肉了？练肌肉的女生冒犯了谁？"肌肉女"怎么就不能有一颗少女心？男性擅长的力量训练，女性一样可以做到。而健身这件事给她带来的除了健康、自信、美丽，还有更多。

从普通女生到"金刚芭比"

一张娃娃脸,白皙的皮肤,大大的眼睛。如果光看她的萝莉脸,很难想象她脖子以下那身紧实的肌肉。她用倒三角形的身材,夸张的斜方肌和肱二头肌完美诠释了什么叫"金刚芭比"。有人说,程璐是"国内金刚芭比第一人"。

前些年,"金刚芭比"这个词还只是用来形容一些虚拟人物,比如《街霸》里的春丽。丸子头、高开衩旗袍、壮硕小粗腿,作为格斗游戏史上首位女性主角,春丽一问世就将"金刚芭比"的形象刻在玩家心中。但"萝莉脸蛋+壮硕身材"不再只存在于动漫中。出生于1997年的东北姑娘程璐,在健身房用450天的自律给自己换上一身"肌肉铠甲"。

古灵精怪的程璐爱拍各种各样的短视频,曾因扮演游戏角色"春丽"而被称为"真人版春丽"。也有人说她像《十万个冷笑话》里的小哪吒,女娃脸、男儿身。程璐也顺应大家的期待,朝春丽和哪吒的风格打扮,扎起双马尾或丸子头,并把快手账号名称改成"金刚小芭比(全网小哪吒)",自诩是"甜蟒系女孩"。Cosplay是程璐的拍摄日常。但她无论扮演什么角色,都像她自己。2023年7月,程璐受邀参加上海的一个漫展,扮演《使命召唤》里的"艾比"。由于主办方的疏忽,艾比的服装道具没有准备好，程璐只好穿上自带的迷彩工装，调侃这是"被邀请cos我自己"。可爱与威猛的反差，在一众角色里竟毫无违和感。她依然是台上最抢眼的"金刚芭比"。

此前，程璐参加过许多健美赛事。历经数月的备赛后，她的肌肉线条清晰可见，如铠甲般覆盖全身，每个定格动作都干净利落。她在健身房里的"精雕细琢"地锻炼自己的身材，诠释了女性别样的力量与美。命运对程璐来说有些神奇。从一个普通高中生到体育生，从第一次走进健身房到获得健美比赛佳绩，再到后来选择把

程璐参加上海的漫展

健身短视频创作者作为职业方向，这样的转变并非深思熟虑，更像是一个顺其自然的过程。一切因为热爱，结果交由命运。

六七年前，和大部分女孩一样，纤细苗条的身材是程璐当时所追求的美感。少女时期的她披着一头长发，淡蓝色衬衣搭配牛仔短裤，淡淡的妆容更显白嫩。健身让她的身形发生了巨大变化。她将训练的视频发到网上，记录健身生活。凭借天使般的面孔和魔鬼般的身材，程璐很快在网络上走红。一大批爱慕者通过各个途径添加她的微信，最多时她一天收到200多个好友请求。争议也随之而来。看到她的身材，有人直呼"太夸张"；有人觉得是"毁了这张脸"；也有人说她会"找不到丈夫"。在传统审美框架里，程璐的身材不太寻常。这种偏见一度让她饱受谴责，很多人认为女孩不该练成这样。程璐对这种争议逐渐习以为常，毕竟不是所有人都能理解和接受女性拥有这种"健硕的美"。但她也感受到一些明显的变化，近几年随着社会包容度提升，公众的思想意识和审美趋势正在改变。越来越多女孩走进健身房，练就一身漂亮的肌肉，现实世界中的"金刚芭比"不再罕见。越来越多的女孩加入撸铁大军，大方骄傲地展示自己的"阳刚"身材，用自信打破偏见。

对程璐来说，健身带来的不仅仅是好身材，还有发自内心的自律、自信和自在。从20岁那年走进健身房，她的人生从此被分割成两部分——普通女生程璐和"金刚芭比"程璐。

走向健美舞台

普通女生程璐生于辽宁抚顺，是土生土长、地地道道的东北丫头，性格直爽利落，大大咧咧。高二之前，程璐没觉得自己和其他女生有何不同，成绩普通、身材普通、长相普通。她人生中最大的冒险是在高中调转了学业的方向。在一场运动会中，程璐代表班上的女生出战，平时并不热爱运动的她竟拿到几个项目的第一名。体育老师王艳鹏发现了这个姑娘的天赋，建议她选择体育专项，从此她的人生走向发生改变。

体育生这条路对程璐来说并不好走。1.54米的身高短板在专业训练中被放大。这个外表柔弱的女生，骨子里却有东北人的倔强和刚毅。长跑训练时，由于她步子迈得比别人小，其他人在放学前就完成了绕操场跑40圈的任务，她不想落下，放学后又跑了半小时，直到跑完全程。铅球训练时，她因为身高不足无法抛出6米的距离。教练王艳鹏对她说，扔不到6米就别跟自己讲话。于是放学后在操场上，一个小姑娘冒着雨孤零零地一边哭一边扔铅球。不知加练了多久，她终于扔到了6米。第二天，她才理直气壮地跟教练说话。

这股狠劲多少弥补了她在身体上的不足。2016年，程璐顺利考上沈阳体育学院，成为一名武术特长生，后来又转入了器械健身专业。虽说具备良好的运动基础，她却从未想过健身。真正的转折点是她在沈阳看了一场健美比赛。那是程璐第一次亲眼看到健美选手，她当下立刻被台上选手古铜色的肌肤和充满力量感的肌肉所吸引，"她们表现出与众不同的美感，看起来非常健康"。她的审美由此受到影响，不再追求"纸片人身材"，确立了增肌塑形的目标。

2017年9月，程璐在大二的开学季走进健身房，开始了撸铁生涯。矮小的个子成为增肌的优势，她一遍遍地练习哑铃直臂硬拉、杠铃深蹲、高位直臂下拉、引体向上等动作，伴随着酸胀的刺痛感，肌肉也在极限拉扯中撕裂重生。

女性练肌肉的难度大大高于男性。雄性激素睾酮对肌肉生长有明显促进作用，而女性体内雄性激素较少，睾酮水平只有男性的大约十分之一，身体结构中肌肉纤维量也少于男性，因此即使高强度训练，也很难练成发达的肌肉。

但撸铁的世界简单直白，没有一滴汗水是白流的。早晨5点，程璐准时来到健身房，练满两个小时之后再去上课。到了晚上,她又在健身房锻炼3个小时。为了长肌肉,她严格控制饮食,在校外租房子,自己做营养餐。因为乳糖不耐受,她无法直接食用蛋白粉,这意味她要进行更为严苛的饮食管理和力量训练。

从2017年开始,训练的日常和身材的变化被程璐用一条条短视频记录下来。2018年年初,看着镜头里的自己,程璐惊喜地发现她的肩膀变宽了、屁股变翘了、腰变细了,腹肌也隐隐出现了。在胸推、硬拉和深蹲的逐渐加码下,她的肌肉砰砰地迸出,二头肌、胸肌、腹肌、背肌、腿肌的围度越来越大。肩部和背部是程璐最出色

程璐参加斯巴达比赛

的部位，让她的身体线条更加流畅、富有力量感。她张开壮硕的双臂时，夸张的背阔肌和麒麟臂令人惊叹。这得益于她从小就有较宽的骨架，教练也夸她天赋异禀，是健美比赛的好苗子。

2018年4月，程璐参加了中国大学生健身健美锦标赛，第一次走上健美舞台。同年11月，她闯入中国健美健身精英总决赛，获得女子形体A组第四名的好成绩。此时距离她第一次进入健身房，仅仅过去450天。为了参加这次专业的比赛，程璐经历了长达四个月的备赛期。最开始是甩掉肥肉，随后减脂，最后通过大量训练减少皮下脂肪，甚至进行脱水让肌肉达到最佳状态。饮食结构中的碳水不断降低，饥饿感持续袭来，情绪也随之起伏不定，这些让她像一头困兽般暴躁无常。坚持着在舞台上竭力呈现健硕的美感，但程璐还是会在比赛结束后狠狠犒劳自己，胡吃海喝一通。此时，身体对碳水的渴望也达到顶点，有一次赛后她一口气吃了六个馒头，当时只觉得那是世界上最好吃的食物。随着热量和糖分的摄入，脂肪很快会长回来，她只能通过不间断的训练再将脂肪转化为肌肉，如此反复。

尽管在450天内就达成了健美的目标，但程璐从未强调她在训练中吃过的苦，对健身的热爱是她坚持的原动力。她也并没有把比赛和获奖视为最终目的，而是把这些看作某个中点，走过这个点意味着身体达到某种目标状态，短暂休息后她又继续出发，奔向下一个目标。

用铠甲对抗偏见

2023年6月，断更许久的程璐再度更新，粉丝惊呼："好久不见""终于回来了！"程璐将这次断更视作给自己的"奖励"："觉得累了，就休息一段时间，给自己放一个长假。"程璐早已成为活跃在快手平台上的运动领域优质内容创作者，她希望可以引导、带动更多人加入健身，用自己由内而外释放的能量影响更多人。

此前备赛时，严苛的饮食管理让她感到疲惫，于是她选择尊重身体的反应，不再参加健美比赛，转而专心经营自媒体，"让自己活得更轻松一些"。虽然没有在专业健美的路上继续精进，但参赛的经历给程璐带来了许多积极经验，她学会了如何合理、高效地安排健身和饮食。尽管不打比赛，她也以职业健美选手的标准要求自己，每天进行有氧训练和力量训练，用持续的运动和健康的饮食来保持"金刚芭比"的体态。

做"金刚芭比"的好处是：夏天穿短袖露出胳膊时，硕大的肌肉让她有种生人勿进的能量场；日常生活中，她可以随心所欲地搭配各类风格的衣服，运动、性感、阳光风格……她都可以轻松驾驭。其中，"卡哇伊"的芭比路线是她喜爱的风格。她不再躲避周遭的目光，时刻提醒自己不要再被"容貌焦虑"拉入另一个陷阱。

程璐也曾因为不完美的身材和长相而陷入自卑。最胖的时候，她的体重达到110斤，那是在她的青春期，当时白瘦的女生更受欢迎。她的身高只有1.54米，因为"吃货体质"，身体开始横向生长，身材看起来有些圆润。当时她知道自己有些胖，也羡慕那些纤细高挑的女生，随便怎么穿都好看。健身一年后，她的体重依然保持在110斤，身体却比从前更加健康、壮硕。随着脂肪减少，肌

程璐和她养的小狗刚子

肉线条开始显露，体脂率也降到13%。更重要的是，她很快爱上了撸铁带来的力量感。听到有人夸赞她的身材，说她有天赋、练得快、线条好，她也在一次次赞美中逐渐建立了自信。

对于这段经历，程璐充满感激，健身带给她的不仅是良好的体态，更是一种积极的生活方式。以前，程璐是一个内向的姑娘，不愿意交际。参加健美比赛在舞台上展示自己，让她感受到更旺盛的生命力，以更充沛的精力去工作和生活。

网上的质疑声始终存在，说她"很奇怪""像个男人""肌肉太夸张"。女性的身材从未逃脱过男性凝视，很少有人可以做到充耳不闻。程璐的身材是对单一刻板的"直男审美"最好的反击。对于恶评，她不在意也不想理会，"可能是我的娃娃脸和肌肉的反差太过强烈，以至于他们的讨论这么热烈。以后大家见得多了，就不足为奇了"。当然，更多的是正向的声音和反馈。在她的短视频评论区里，每次都有人表达对她的喜爱和欣赏，也有女孩表示是程璐给了她们练肌肉的勇气，很多人正在向她学习健身知识和健康管理。这些让程璐更加坚定自己的审美，也更加坚定这份工作的意义。

在程璐看来，当前女性的审美越来越多元，勇于向刻板印象和性别偏见说不，才是新时代女性该有的样子。她们的美不是固化的，而是个性的、多元的。对于美，很多人的目光还停留在外在的长相，她更希望大家看到她练成"金刚芭比"背后的精神力量。她说："如果'金刚芭比'是一种另类，那就让我来做那个打破传统审美的异类吧。"与健身初期时的状态相比，现在的程璐有了自己坚定的审美，一步步地做到由内而外欣赏自己的身体，真正实现内心的从容和自洽，"我们美不美，我们自己说了算"。

撰文：张先森

踢出大山的元宝女足

元宝女足
快手 ID：758323231

在一段时间里，追逐脚下的足球成了元宝小学的女孩们唯一可以掌控的事。对于她们来说，"只要把球踢进球门，生活就是甜的"。因为足球，女孩们走出元宝村，踢向了更大的世界。如果你问，一个女孩为什么要踢足球？她们的故事就是最好的答案。

2023年10月29日，贵州元宝女足取得了第二届"追风联赛"全国总决赛亚军。"追风联赛"是首个全国性乡村校园女足联赛，全国三大片区、数十支队伍参与角逐。元宝女足连续两届捧得银杯，这也是教练徐召伟执教至今收获的含金量最高的两座奖杯。

而就在六年前，徐召伟想要组建元宝小学足球队时，学校只有两个破旧的足球和一块长满野草的荒地。没有草坪，没有经费，学生不知道足球是何物，甚至连一双像样的球鞋也没有。这位曾梦想当诗人的语文老师，在简陋的条件下开始执教一个"野班子"，带领这支队伍从坑坑洼洼的荒地踢到了西南冠军、全国亚军。

足球走进来，女孩走出去。从2018年起，元宝小学每年陆续向县里、市里中学和体校输送女足特长生，至今已经有80多个女孩因为足球走出"九道拐"，走出大山，拥有更多可能性的未来。捧得全国银杯那天，徐召伟在朋友圈写道："追风中的元宝女足是一道光。"这个肤色黝黑的"胖子老师"用十年如一日的支教时光，带领一群来自农村贫困家庭的留守女童，在黑暗狭窄的人生通道中凿开了一道光。

隐秘的角落

徐召伟怎么也想不到，深山里的这所元宝小学会因为一支女子足球队而闻名，也想不到自己有天会成为一支足球队的教练，并且在这里一守就是十年。

贵州省毕节市大方县元宝村是深山里一个"隐秘的角落"，从大方县到村里的20公里盘山路曲折陡峭，九道蛇形急弯盘旋其间，被当地人称作"九道拐"，狭窄急弯让每个途经此路的司机发怵。顺着"九道拐"蜿蜒而上，要驱车一个多小时才能来到元宝村，而元宝小学就坐落在道路的尽头。

2009年，特岗教师王光文刚被分配到元宝小学，就在"九道拐"栽了跟头。山路湿滑，他和摩托车师傅在一个拐弯处被甩了出去。带着一身泥的他到学校一看，一座破旧的教学楼被群山包围，没有围墙，没有宿舍，没有网络，没有课外书，甚至连能冲水的厕所也没有。一年后，老校长退休，22岁的王光文成了全县最年轻的小学校长。当了校长，他开始到处跑，到教育部门申请项目，在网上筹措资金，给学校盖了一座综合楼，修建了食堂、宿舍和围墙，还募集到了一批教学用品和设备物资，元宝小学总算有了村小的样子。

徐召伟是王光文招募来的。说是招募，其实是"忽悠"。来元宝之前，徐召伟已经在云南和贵州支教了八年。2014年，徐召伟申请到每月500块的补贴，背起行囊再次来到贵州。倒不是为了这500块钱，而是为了能继续支教。他原本要去别的学校，中途接到王光文的电话，说元宝小学师资紧缺，都开不了课，让徐召伟赶紧来。等他到学校一看，才发现被校长给"骗"了。但来都来了，徐召伟在元宝小学留了下来，成为这里的第一位支教老师。徐召伟到来后，不仅教两个年级的语文，连数学、音乐、体育都教过。他还要管图书室、教研组、少先队、广播室，以及处理各种杂事。他的身份更像是王光文的"工友"，给学校修修补补，添砖加瓦。而待遇却一言难尽，住的是学校10平方米的小屋，睡的是爱心企业捐赠的硬板床，冬天冷得睡不着。直到2022年，他才花钱给自己装了一台空调。

徐召伟指导孩子们训练

学校有两个公益机构捐的足球，被孩子们当成篮球玩。徐召伟哭笑不得："这是足球，是用脚踢的！"他是足球迷，学生时代常熬夜看球，是罗纳尔多的铁粉，技战术都懂一点。看到学生们在土坡上一通乱踢，他萌生了成立足球队的想法。

恰逢2017年春天，王光文争取到一个足球人工草坪的项目援建。当年6月，足球场建成，孩子们高兴地躺在上面打滚儿。两个月后，大方县要举办中小学生运动会，其中有足球比赛。徐召伟成立足球队也就成了顺理成章的事情。他从报名的学生里挑了十几个体质好、跑得快的男孩女孩，自己边看视频边教学，每天早中晚训练3次，周末和节假日也练。农村孩子能吃苦、有耐力，徐召伟布置的训练任务他们总能很好地完成，晨练跑几千米也不会抱怨。徐召伟经常给孩子们"打鸡血"："比别人条件差，就要比别人更努力！"

两个月后，元宝小学的老师们你100元、我50元，凑足了队员们的体检费和路费，球队出征了。凭借一股犟劲和默契的传接配合，元宝女足一路高歌猛进，杀入决赛。尽管决赛对手的身高比她们高出一个头，瘦小的她们却在势头上占据上风。但比赛最后时刻，元宝女足队长吴长艳在一次角球中不小心将球撞进了自家球门，一个乌龙球将比赛以2∶2的比分拖进点球环节。点球大战前五轮，双方守门员接连扑出点球。第六轮，吴长艳踢出了一个漂亮的空中旋转球,足球直奔球门死角入网。场边所有观众都激动地站起来了,谁也没在这个小县城见过如此焦灼又充满戏剧性的足球赛。紧接着,元宝女足守门员精准预判,扑出了对手的一个低平球。

"我们赢了!"直到徐召伟大喊一声,很多人才反应过来,欢呼声瞬间响彻全场。元宝小学成为一匹黑马,包揽了那次比赛小学组男子、女子足球冠军,还拿到了两个金球奖和一个金靴奖。此前默默无闻的元宝小学一战成名,成了大方县足球的代名词。2018年,徐召伟的男子、女子足球队中共有12名队员被县重点中学作为体育特长生录取,迈出了他们走出深山、走向外面世界的第一步。

另一条通道

前队长吴长艳是元宝小学第一批因为足球"走出去"的学生之一。她对外面的世界尤其渴望,每当在车站看见返乡的大学生时,总会心生羡慕。踢球让这个女孩不再孤僻内向,如今她已是备战高考的高中生,等待她的是一个更大的世界。

这样的升学机会对大山里的女孩们来说来之不易。

彼时的大方县还是国家级贫困县,教育资源稀缺,学生基础薄弱,但升学要依靠成绩,这条路对于大方县的学生来说太难太窄了。王光文把农村教育比作一个漏斗,小学的时候大家基本还在,年级越往上漏掉的人越多,读到高中的很少,考上大学的更是寥寥无几。尤其是山里的女孩,命运总是相似,要么早早嫁人生娃,要么早早辍学外出打工,最后又嫁回山里。

队里的一些孩子被县重点中学录取后,王光文和徐召伟意识到足球是另一条升学通道,有机会让更多孩子接受更高质量的教育。他们马上对球队进行了长远规划,第一步是把两个教室改成宿舍,让足球队的孩子们住校,方便日常训练。元宝小学的生源覆盖周边十几个村组,家远的孩子每天上学要走一两个小时的山路,无法保证早晚训练。问题随之而来,住校就要提供一日三餐,中午学校有统一营养餐,但早晚的餐费从哪里来?徐召伟从自己微薄的1500元支教补贴里挤出钱来买菜,周末他会花半天时间去县城采购一周的食材,晚上在小旅馆住一宿,为了能顺便洗个热水澡。每天球队自由训练时,徐召伟就去食堂忙活。一些孩子从家里拎来土豆、辣椒,到厨房给他打下手,有的抬水,有的洗菜,食材混在一起大火翻炒,重油重酱,香气四溢,孩子们爱吃得不行。经过两年摸索,徐召伟明确了球队的方向,那就是重点培养女子足球,给女孩提供更多机会,"男足对身体的要

踢出大山的元宝女足

元宝女足队员徐文在训练

求相对较高,村里的男孩个头上不占优势,女孩子却可以,也更能吃苦"。

孩子们训练消耗大,又是长身体的关键期,营养要跟得上。在徐召伟看来,球队是"吃百家饭长大的"——训练用的足球、孩子穿的队服、球鞋以及日常的营养补给,都是各界爱心人士捐来的。在各方力量的托举下,元宝女足闯出了一片天,包揽了大方县两届师生运动会的女足冠军,并夺得"追风联赛"西南区冠军。从2018年至今,已经有多名女孩被中国足球学院西南分院录取。有的被选拔到重庆市重点中学读书,有的走上了职业道路,而更多人则以足球特长生身份被录取到县城中学。

吴雨洁是"走出去"的代表之一，徐召伟称呼她为"小雨"。她在一年级时就被选到队里。她性格内向，足球是她最亲密的伙伴，她在球场上踢，回家的路上也踢。小雨觉得一头长发跑起来碍事，一把就给剪了。虽是女孩，她出脚比许多男生都生猛。一脚射门出去，足球嘭的一声，直飞网底。在小学踢了六年，小雨收到了省重点初中和遵义体校抛来的橄榄枝。

类似的案例还有很多，王佳月是其中一个。她的姐姐因为球踢得好，去了县里的重点中学。她从二年级开始踢球，很快就展现了运动天赋，凭借好胜的心性和凌厉的脚法成为球队主力，被称为"元宝梅西"。2021年10月，在意大利米兰举办的欧洲国家联赛决赛现场中场休息时，王佳月和元宝女足的故事被搬上大屏。这个从小体形瘦小的女孩向全世界球迷讲述了一段"丑小鸭"正在蜕变成黑天鹅的故事。

王佳月毕竟是少数，徐召伟不奢望每个女孩都能变成黑天鹅，走上职业球员的道路。在他看来，让女孩踢球更重要的是给她们多一种选择，培养她们的自信心和独立思考的能力。

"五贵"闯羊城

以往，元宝村的乡亲父老走出大山，不是打工就是探亲。但对这些姑娘来说，足球成了外出深造的"敲门砖"。2020年10月，广州足球协会到元宝小学考察，让俱乐部的男足成员与元宝女足队踢了一场友谊赛。面对专业男足队员的压迫式防守，女孩们毫不退让，观赛的足协领导感慨："她们在球场上的野性以及近乎偏执的求胜欲实属罕见。"比赛结束后，广州足协选拔了六年级的王佳月、曾维芳、曾维婷、王瑞和四年级的张紫妍，将她们带到广州体育职业技术学院接受更系统专业的培训，并承担她们从小学到大学的全部费用。

在广州，这五个来自贵州农村的姑娘被亲切地称为"五贵"。由于长年留守农村，性格内敛的女孩们缺乏与外人沟通的历练，这让她们在大城市一度紧张又自卑。在广州的第一场比赛，"五贵"束手束脚，完全放不开，领队问她们为什么，她们说因为"不敢"。

广州的夏天酷热且漫长，下午烈日当空，"五贵"在草皮上训练，突然一场阵雨袭来，但训练不能停止。体校有严格的训练制度，所有人都要上体能课，测试通过才能参加省运会。对抗赛若输了就要罚跑圈，一圈400米，输几个球就罚几圈。在接受高强度且专业的训练后，王佳月意识到她们原先的储备太少了。"广州的训练强

孩子们在进行敏捷性和协调性训练

度更大,其他队员的技巧和速度都比我们好。"差异还体现在文化课上,五个女孩在学习普通话、英语方面也充满挑战。加上一时不适应岭南的饮食口味,让她们更加思乡。遇到困难时,她们会通过微信向徐召伟诉说"委屈"。有女孩半夜给徐召伟打电话,说她们的技术跟不上,每天被教练骂,不想练了想回家。徐召伟很生气,严厉训斥了一番。女孩哭得更猛了,说:"你这个坏人!"

在训练中严厉的徐召伟其实很体恤这群姑娘。2021年5月,元宝女足要去昆明参加"追风联赛"西南赛区的比赛。徐召伟跟广州足协商量好,把"五贵"借调回去备战参赛。更重要的是,让她们能在离家半年后回村子里,与家人团聚几天。回到村子后,"五贵"走路都是带风的,这是眼界带给她们的自信。张紫妍回到家,奶奶听说她在广州学了英语,让她说几句听听,她随口来一句"go shopping,买东西的意思"。村小没有英语课,去广州之前,她连26个字母也不认识。

然而,回家的"五贵"训练热情却不高,有人不想回广州了,觉得训练太苦。徐召伟的训话又开始了,这次的主题是"不要让我讨厌你们"。他把"五贵"喊到食堂,一开口就训斥:"不只是我,不要让广州的教练讨厌你们。不要有天真的想法,整天想回元宝小学。你们给我断了要回来的心。你们只有一种方式回来,就是翅膀长大了,长成一个广州女孩子再回来。"姑娘们低头不语,徐召伟又补了一句:"如果你们在广州只是混,后面元宝的队员就不会再有机会去广州。"

女孩们长大了,听得进徐召伟的话。短暂集训后,她们前往昆明参加"追风联赛"。在广州训练的进步显而易见,"五贵"从体能、脚法到技战术配合、传接球能力上都有很大进步,元宝女足像一支职业球队一路挺进决赛。决赛最后时刻,曾维芳用一记纵贯球场的超级吊射,将比赛拖进点球大战。随后,曾维婷将点球稳稳射入球网,元宝小学打败云南的靖外明德小学,登上"西南之巅"。夺冠时刻,徐召伟冲入场中,和紧紧抱在一起的姑娘们庆祝胜利。王佳月哭了,她一路带领队友闯入决赛,并在决赛中上演"大四喜"的好戏,以5场比赛14球的战绩获封"最佳射手"。当初去广州,这个恋家的姑娘觉得徐召伟是"骗"她去的,还有点生气。那一刻她才明白,一切都是值得的。

同年,张紫妍在广东随队拿到了第一个省冠军。她没有忘记徐召伟那场"不要让我讨厌你们"的训话,把奖牌捐赠给了元宝小学,激励母校更多女孩们走出去。张紫妍从小父母离异,爸爸外出打工,她由爷爷奶奶带大。她用"好玩"来概括对足球的感受,"喜欢踢球,不踢球一个人没意思"。如今,张紫妍已经在广州青少年女子梯队中占据首发位置。和她一起的几个姑娘们也在各自梯队获得了一席之地,未来将代表广州在职业足球的赛场上出战。

踢出她未来

夺得西南五省冠军后,徐召伟连夜坐高铁把"五贵"送回广州。女孩们在路上累得睡着了。迷迷糊糊的她们或许还不理解什么叫机会和命运。但徐召伟深知,踢出大山、踢出未来的愿望在"五贵"身上已经实现了。他在广州的宾馆睡了一宿,第二天赶飞机回到贵阳。下午两点多,他已经提着足球队一周的菜回到学校,督促小队员们进行训练。那天,徐召伟心情复杂,他发了条朋

元宝女足队员陈橙在家练习颠球

友圈："我只剩她们,有一天她们也会远去。"

"五贵"之后,"她们"的故事未完待续。五年级的张紫涵是张紫妍的妹妹,受姐姐影响,她一年级就加入球队,如今已有姐姐当初的风采;六年级的罗梓涵和陈橙,从小妈妈就离家出走,在徐召伟的"哄骗"下加入球队,如今已成长为球队主力。好消息也不断传来,球队中的李春沙和胡玉碟,凭借出色的技术受到安徽黄山一家俱乐部的青睐,将进入当地实验学校学习,未来代表黄山备战省运会等足球赛事,迈出了她们足球生涯的关键一步。

2021年,徐召伟联合其他社会力量发起"踢出她未来"项目。在普及乡村女子足球的同时,也帮助乡村女童创造机会,为她们的未来提供更多可能性。尽管两次

孩子们训练后在宿舍做游戏

与"追风联赛"全国总决赛冠军失之交臂,但元宝女子球队完成了赛前的进球目标,徐召伟相信,成长永远大于奖杯。

现在,球队来了新的教练,徐召伟终于不用亲自带着孩子们踢球。但作为球队的"大总管",他依然忙碌,每天想着如何为球队多争取更多资金和装备。他坚持将孩子们和足球的点点滴滴发布在快手平台上,既是工作记录,也是为那些给球队募捐的爱心人士展示钱都用在了哪些地方。农村的绿茵场出现在屏幕方寸之间,无数人得以关注并见证孩子们的青春与梦想。2022年卡塔尔世界杯期间,元宝女足的队员们还在快手与国家女足队员进行了一场视频连线。当被问及梦想是什么时,她们的人生选项里不再是"辍学""打工""嫁人",而是更为开阔的明天——"我的梦想是和姐姐们一样,成为国家队的一员"。

由于各方关注,徐召伟和球队的日子总算过得不那么紧巴。最开始的两三年,他每个月都要想着球队下个月的饭钱从哪儿来。手机上各种贷款软件用遍了,拆东墙补西墙。在经济上他一度的目标是至少回老家不担心路费。用他自己的话说,他45岁了,除了支教经验,没有其他社会生存技能,没车没房没成家,看着孩子们成长是他目前生活的意义。

更多女孩走出去,徐召伟感到身上的单子更沉重了。他变成了一台停不下来的机器。2019年,他确诊糖尿病,需要吃药、控制饮食,但连去医院的时间,他都选在了训练后的夜晚。他从未后悔自己的坚守。在元宝十年,一批又一批支教老师来了又走,他从未想过离开。至于为什么要这么坚持,驱动力来自哪里,他自己也说不清。"每个人都有自己认定的一条想走的路,支教就是我的选择,算不上崇高,但是跟孩子慢慢接触,随着感情渐渐深厚,就越发离不开了。"

在被"骗"来元宝小学之前,这位毕业于新疆石河子大学的中文系学子,喜欢诗歌和文学,曾梦想当一名诗人。他网名叫"培尔金特",是易卜生笔下一个不断追寻生命意义的浪子。2005年,徐召伟大学毕业,做电话销售一单没做成,去报社应聘也失败。迷茫之际他在报纸上看到支教故事，便从同学那儿凑了点路费，一路往西南走，走到泸沽湖，他决定留下来支教。年轻时徐召伟是个理想主义者，觉得自己的生命没什么价值时，他选择做一些对别人有益的事。如今，经他手送出大山的第一批女孩已经到了上大学的年纪，她们有的在备战高考，有的已经考上大学，有的进了青年梯队，有的走上职业道路，踢到省队拿到冠军。逢年过节，他会收到很多学生的祝福，但他很少主动去联系已经毕业的学生，"她们有她们的路要走"。

也有一些窝心的时刻。一场比赛后，有媒体采访一名队员，问她："你以后想成为什么样的人？"徐召伟以为她会说想要成为职业球员，或者成为国家队的一员。没想到小姑娘开口却说："我想当足球教练，回到元宝小学接徐老师的班。"一旁的徐召伟，猝不及防地湿了眼眶。

撰文：张先森

北漂家政女工的"家"

北京鸿雁社工服务中心
快手 ID：1841469147

过去几十年，她们被困在家里的灶台边，以牺牲和奉献完成家庭妇女的使命。出来打工后，又被困在雇主的屋檐下，日复一日地做家务。是鸿雁给了家政女工们一个家，一个可以安放灵魂的港湾。

"跟你说话呢，怎么不回答？""我以为是电视的声音。"这是身体剧《分·身》的开场，也是家政工冬梅的亲身经历。从山西运城来北京打工，普通话第一次猝不及防地闯入她的生活，这一幕就发生在雇主家的客厅。当时，她愣在原地，恍惚以为是电视里的人在说话。和许多来自农村的家政服务业从业女性一样，她们背井离乡，帮助许多城市家庭解决了"后顾之忧"，可她们自身的困境却往往不被看见。

2014年，一个叫梅若的女人看见了这群女性内心的需求，成立了一个专门关注家政女工的公益组织——北京鸿雁社工服务中心（以下简称"鸿雁"）。这群孤独、漂泊的女人，在北京从此有了家，也逐渐找到了自我。工作之余，她们日常还唱歌、跳舞、演讲、读诗、写作，这是她们生活的另一面，又或许这才是她们原本的样子。"这是一个高度不确定、充满脆弱性的时代，我们都有可能成为她们，正因如此，更要帮她们争取希望和未来。"梅若的语气，透着前所未有的坚定。

终于有"家"了

"她没有家了,她能去哪儿呢?"当演到家政工被丈夫家暴,从家中跑出来时,众人着急地大喊:"她只能睡大街上,她回不去了,她无家可归。"姐妹们又一次难以自控地泪如雨下。这是《分·身》的彩排现场,此类"演不下去"的情况不知发生过多少次。

《分·身》作为一部根据女性家政工亲身经历创排的身体剧,是鸿雁第三届家政工艺术节的作品。排练过程让曾经不敢表达的她们有了释放的出口,但也因过于投入,她们常想起过往而情绪失控。许久没哭过的牛会玲彩排那天也泪雨滂沱,"若不是遇见鸿雁,我们哪儿有家啊"。一个月仅有的4天休息日,牛会玲几乎都在望京的一个地下室度过。这个地下室只有45平方米,没有窗户和空调,一个大排风扇摆在门口,驱逐烟和潮气,也带来一丝清凉。这就是鸿雁的活动中心,家政行业女性从业者的聚集地。

从北京四面八方奔来的姐妹几乎都是住家的家政女工,但无论多大年纪,梅若从不喊她们保姆或阿姨,"尊重也许就是从一个称呼开始"。90后小杨是鸿雁的工作人员,她将这些与父母同龄的家政女工都尊称为大姐,其他工作人员也是如此,"没人要求我们,很自然地就这样叫了"。

牛会玲准备表演（摄影：丁沁）

由于小时候家里经济条件不好或受重男轻女思想影响，许多家政姐妹没有机会接受太多的教育，提起上学这件事，她们总是充满遗憾。她们打字时习惯手写，而不是用拼音，也常因为看屏幕上的文字而眼睛发涩。因此，给她们发大段活动通知时，鸿雁工作人员仍会细心地发一遍语音，再发一遍文字，让她们根据自身情况选择性读取。有时候，给年纪稍长的大姐打印文件，也会特意把字号设置大一点。

尊重与温暖让"漂"在北京的家政女工们把鸿雁当成了娘家，"来这儿，啥也不用带，全是免费的"。在北京"漂"了二十多年的林文英，至少要5个小时车程才能到鸿雁活动中心，可她每个月要来好几次，"不来这儿，也没地方去"。

2023年6月，从河北邯郸来北京打工的周海萍在鸿雁的小厨房煮了一大锅面条，简简单单一餐饭，姐妹们围在一起吃却吃出了幸福感。周海萍的雇主家离鸿雁大概30多分钟的车程，一个月休息4天，她至少要来3天。"谁早去了，就在门口石台上拿钥匙，进去打扫一下，等着其他姐妹。"等待的过程也很幸福。陌生的城市里，突然聚集了很多经历相似的姐妹，在鸿雁的组织下，一起出游、看电影、参加演出、办报、写稿子……这些看起来平常又细小的事却让她们雀跃、感动。过去几十年，这些女性被困在家里的灶台边，以牺牲和奉献的姿态完成家庭妇女的使命。出来打工后，她们又被困在雇主的屋檐下，日复一日地做家务。这样闲暇的日常是她们做梦也不敢想的生活。周海萍喜欢跳健美操，每次都和姐妹们跳几个小时。这让小杨很感慨："她们明明做家政那么辛苦，仅有的休息日还活力四射。"

周海萍（左一）和靓阿姨们（摄影：丁沁）

起初只有三四个女工关注的鸿雁，如今各大活动群已经有1000多人。梅若却说她无法谈推广经验，因为很多参与者都是老乡口口相传带来的。有的女工结束打工回乡，还告诉要来北京打工的姐妹："有事儿就去找鸿雁。"

梅若是内蒙古人，蒙古族有首民歌就叫《鸿雁》，歌曲讲述了鸿雁每年的南北迁徙，于是她把机构命名为"鸿雁"，意指这些家政女工从乡村流动到城市的经历。除了年龄相仿，梅若此前的人生与家政女工唯一的交集是2011年她拍摄了一部家政女工纪录片，这让她对这个群体的处境有了更多的了解。

2014年9月，梅若决定和前同事共同创办鸿雁。起初只是觉得家政女工很苦，想让这群人聚在一起，抱团取暖，给她们提供一个安放身心的地方。可真正开始做了，才发现这是一个重要的社会议题。城市二胎、三胎现象，还有人口老龄化等问题都需要家政行业的支持。据某招聘网站本地生活服务数据，2023年2月，家政服务需求环比增长20%。梅若担心这群女性的需求被掩盖、情感被忽视，她们获得的支持和资源也相对匮乏。而她们的坚韧也常常触动梅若，"她们要摆脱苦难，就要让身心得到自由和解放"。

无限放大的孤独

"我稀里糊涂，六神无主，充满恐惧。"这是家政女工自编自唱的歌曲《生命相遇》的开头。梅若邀请她们录制同名专辑，想让这些缺乏表达机会的女人，大声唱出来。可在录制现场，一个叫王青春的家政女工，高音始终上不去。这个来自东北的女人原本就性格温柔，说话细声细语，做家政女工后，更是习惯了在雇主面前低声说话，甚至保持沉默，时间久了，便发不出高音了。与王青春一样，很多家政女工在雇主家都尽量抹去自我痕迹，默默做事，避免出错。毕竟身处别人的屋檐下，很多界限都是模糊的，没人告诉你能做什么、不能做什么。即使做过二十七年民办教师的牛会玲，第一份家政工作也只干了两个月。

2019年，牛会玲从山西临汾来到北京。因为儿子结婚建房，老公又突患脑梗，家庭债台高筑，她只能外出打工还钱。"去年，我终于还完最后一笔欠债，一万块钱。"把钱转过去的一瞬间，她深深吸了一口北京的空气，似乎比初来时新鲜许多。打工四年多，她还了20多万元债款，"每次开工资，还没等焐热，就得把钱打给债主"。钱还完了，她却不想返乡，尽管子女很孝顺，可老公离世后，她就觉得家没了。彩排《分·身》那天，说到台词"她的家没了"，牛会玲哭得稀里哗啦，"房子不是家，车子不是家，有爱人在的地方，可以安放身心的地方才是家"。相依为命的丈夫去世后，牛会玲的心空了一大块，而在偌大的北京城打工，更是将孤独无限放大，让心变得更加空荡荡的。

雇主家在别墅区，牛会玲要负责打扫和准备三餐。勤劳的她不会被繁重的家务压垮，让她真正难过的是女主人对她的视而不见，除了日常安排，不愿跟她多说一句话。被其他家庭成员呼来喝去时，她就感觉自己像是任人差使的丫鬟。每次休息日，牛会玲背着书包离开别墅时，女主人的母亲都会拦下她，要求检查她的书包，这让她感到无比屈辱。没多久，她便离开了这座薪资还算不错的别墅。

与牛会玲一样，周海萍做第一份家政工作时，也因为不被尊重而毅然离职。那时，她刚从河北邯郸一家国企停薪留职。那是一份正式工作，可惜企业效益不好，每个月扣除保险后，仅有300元收入。那时她刚40岁出头，正是找工作特别尴尬的年纪，没有一技之长，想在当地找个合适的工作比登天还难。于是她萌生了外出打工的想法，尽管丈夫的收入能维持家用，她依然不顾家人反对，登上了开往北京的列车。

周海萍出生在一个重男轻女的家庭，从小到大没有得到过父亲的半点关爱，这让她极度没有安全感，也不敢依靠任何人，凡事只想通过自己的努力获得认可。然而，第一次上户做家政时，男雇主轻蔑的眼神她现在都忘不了。第一顿饭，她蒸了米饭，做了豆角炒肉。尝咸淡时，她感觉味道还可以。男雇主尝了一口，便把筷子"啪"地一摔，一把将盘子推了出去，差点滑到地上，直接扔了一句："这简直不是人做的！"收拾完厨房，周海萍回到房间哭了很久。她想放弃，可在这个注重经验的行业，若第一份工作就做不下去，很难找到下一家。幸好女主人还算认可她的工作，让她留了下来。但男雇主从始至终都没再和她多说过一句话，即便她主动问话，男人也只是用鼻子哼一声。4个月后，她不顾女主人的挽留，执意离开了。

许多家政女工在聊天时都说到自己的孤独和烦闷，她们每天与雇主朝夕共处，时刻准备着被使唤、被挑刺，精神时刻保持紧绷。梅若曾做过一个调查——做家政工作，你最在意的是什么？发出去的几百份问卷中，90%的家政女工回答"最在意是否被尊重"。鸿雁在自媒体账号上也曾经问过姐妹们一个问题：你觉得真正的平等是什么？有个回复是：很多小事足见平等，就像第一天上户，雇主孩子姥姥给你一个缺口的小碗，让你吃饭站着吃。

除了职业歧视，雇主与家政女工之间的矛盾大都是由于成长环境不同而导致的认知差异。有位家政大姐常被雇主要求早餐喝糊糊，对她来说，吃馒头喝粥才算吃早饭,才有力气干活。学了鸿雁为大家准备的绿色家政工课程,她才慢慢意识到,健康的生活方式不止一种,换位思考也会换来他人的认可和尊重。

周海萍也曾遇到过善良的家庭,那家人都真诚待人,这让她工作起来更加卖力。不过这依然无法缓解她们在外漂泊的寂寞。有的雇主会说,就把这里当作你自己家,可事实上,她们永远也融不进去那个家。没接触鸿雁之前,周海萍会在休息日漫无目的地逛街,累了就找个公园坐坐,热了就去商场蹭空调。有一次,她在商场坐了5个小时,熬到天黑才回去。

周海萍(下右二)参加食物健康培训(摄影:戚颖)

迈过一道道坎

鸿雁社工服务中心为无数家政女工打开了一扇门，让她们被听到、被看见。然而，走过那道门，她们依然要迈过一道道坎。

60多岁的林文英还在工作，但身材瘦小的她已经失去了在家政行业的竞争资格，只能去做保洁。从2022年开始，她的身体便频频发出信号：腿疼、腰疼……可她不敢懈怠，也不想返乡。"年轻时出来打工，没照顾好子女，不能老了就回去养老。"不仅是林文英，很多年龄超过50岁的家政女工都明白，她们在家政行业的时间已经不多了，因为随着年龄的增长，身体逐渐变弱，精力也在变差。雇主更喜欢40多岁的家政女工，年轻，身体好，有力气，手脚麻利。他们担心年纪大的家政工容易生病，担心她们摔倒。像林文英这样的老人，只能找到报酬少，或没人愿意干的活计。

按照家政行业的惯例，一般超过50岁就很难再找到合适的工作了。可目前市场上家政工的年纪大多在45—50岁，90后家政女工少之又少。达到退休年龄的劳动者一般无法与用人单位缔结劳动关系，只能形成劳务关系，这也意味着失去了工伤保险、失业保险等保障。很多家政女工在北京没有医保，被问到生病怎么办时，她们回答："小来小去的病，吃点药就好了。"梅若建议，如果是个体对接雇主，一定要买份意外险，若是受伤了可以申请赔偿。有位家政女工抱着孩子滑倒时，她用手肘撑着地面保护了小孩，却导致手臂骨折，花费了14万。没有保险，户主承担了7万，她自己承担了7万。

这些被认为只会干家务的女性，在梅若和同事眼中，都有着独特的生存魅力。有些女工不识字，依旧可以凭借自己的生活经验和智慧，在北京生存下来。有位女工姐妹不会用导航，还是能在北京到处跑去做小时工，她有一套自己的认路方式："北京路牌南北向是绿色的，东西向是白色。"坚韧、勤劳的她们，跟命运缠磨了大半辈子，无法预估也不敢设想未来会有一个怎样的晚年。鸿雁极尽所能地帮助她们，比如，为了帮助大家增加收入，自创"靓阿姨"品牌，让这些女工们可以利用闲暇时间做手工皂赚钱。

养老毕竟是一个庞大且复杂的社会问题，并非一个公益机构就能解决。依靠众筹和募捐维持运转的鸿雁，为了减少开支，已经关闭了原本的办公室，只保留地下活动室，满足姐妹们的正常需求。有人以为鸿雁要关门了，但梅若从未想过放弃，也很少诉说艰难。"如果只有眼下的路，就走好眼下的路，如果能多走一步就向前走一步，如果一步也走不了，那就在原地好好踏步。"

她们都变了

"活下去,变得更好"这是很多家政姐妹的目标,她们在鸿雁释放自己,焕发新的生命力。

牛会玲比从前更爱笑了,常常话没说出口,笑声先传来。以前,她的微信名叫"大爱无边",爱工作、爱学生、爱家人……当被生活折磨得遍体鳞伤后,她想换个活法,期盼好运连连,想柳暗花明,便把微信名改成"幸运果"。每次去鸿雁,她都很用力地跟姐妹们拥抱。彩排《分·身》时因为情绪激动演不下去,她和姐妹们相互鼓励:"不要沉溺过往痛苦,这只是在表演。"2023年4月8日,《分·身》首演结束,她们抱在一起大喊:"高兴高兴!快乐快乐!"如今,牛会玲的闲暇时间渐渐被填满,她还参加了鸿雁绿色家政工的培训,学会了环保低

牛会玲在写作(摄影:鸿雁)

碳的生活方式，还考了一个急救证。喜欢写作的她，在元旦和国庆节的演出中，都创作并参演了三句半。七夕，她还写了一首诗：牛郎织女相思苦，鹊桥相会晒幸福。留我一人独饮醉，几多愁绪酒半壶。她最喜欢的一句诗也是写给鸿雁的，"鸿雁让我们走出了黑暗，走出了迷茫，拥抱给了我太多的力量"。

性格内向的周海萍变得更开朗了。鸿雁国庆节活动上，她跳了一个《歌唱祖国》的舞蹈。原本她计划50岁就回乡养老，可现在，她又不想回去了，日子充实，还能学习各种技能，这些让她感受到了职业价值和自我尊严。来鸿雁不到一个月，她就成为月捐人，她说"一年才几百块钱，就是给家里做点小贡献"。

曾失去高音区的王青春，不仅高音唱上去了，还参加了鸿雁的很多演出。因为要照顾孩子，她已经回老家打拼。有时候看她的朋友圈，梅若也会感叹，说她变化很大。小杨常在活动中关注性格内向的姐妹，其中有个大姐，一开始不太爱说话，还有点紧张，几次推心置腹的交流后，她也学着表达自己，愈发松弛。"不管前路有多艰辛，有你们做后盾，我们就不怕千难万险"，这是一个家政工在鸿雁快手账号上的评论。鸿雁的活动中心给了姐妹们一个现实的港湾。

梅若常常告诉姐妹们，没读过大学，没读过高中，甚至没能读初中，都没关系，人要向内求成长，而不是向外求给予,一个内心自足的人,一定能找到属于自己的位置。

(文中林文英、周海萍为化名)

撰文:小未

图书在版编目（CIP）数据

编织活法的人：快手人物故事集/快手WE我们工作室,单读主编.--上海：上海文艺出版社,2024
ISBN 978-7-5321-9027-0
Ⅰ.①编… Ⅱ.①快… ②单… Ⅲ.①故事－作品集－中国－当代
Ⅳ.①I247.81
中国国家版本馆CIP数据核字(2024)第099000号

发 行 人：毕　胜
责任编辑：肖海鸥
特约编辑：赵　芳　黄　悦　罗丹妮
装帧设计：翁毓璐
内文制作：李俊红　翁毓璐

书　　名：编织活法的人：快手人物故事集
作　　者：快手WE我们工作室,单读
出　　版：上海世纪出版集团　上海文艺出版社
地　　址：上海市闵行区号景路159弄A座2楼　201101
发　　行：上海文艺出版社发行中心
　　　　　上海市闵行区号景路159弄A座2楼206室　201101　www.ewen.co
印　　刷：上海盛通时代印刷有限公司
开　　本：1092×850　1/32
印　　张：9.75
插　　页：2
字　　数：172,000
印　　次：2024年6月第1版　2024年6月第1次印刷
I S B N：978-7-5321-9027-0/I.7104
定　　价：58.00元
告 读 者：如发现本书有质量问题请与印刷厂质量科联系　T: 021-37910000